出版忆往

出版忆往

陈昕出版随笔选

增订版

陈昕 著

上海人民出版社

陈　昕

　　1952 年 6 月生，浙江鄞县人，编审。从事出版工作 40 年。曾任上海三联书店总编辑、三联书店（香港）有限公司总编辑、上海人民出版社社长兼总编辑、上海市新闻出版局副局长、上海新汇光盘（集团）有限公司总经理、上海世纪出版集团总裁、上海世纪出版股份有限公司董事长兼总裁等职。曾当选为中国出版协会副主席、中国图书评论学会副会长、上海社会科学联合会副主席。曾兼任上海交通大学、武汉大学、同济大学、华东师范大学、上海师范大学教授，博士生导师。主持、策划、编辑了 30 多套丛书，共计 3000 多种图书。著有《中国图书业经济分析》《中国出版产业论稿》《出版经济学文稿》《WTO 与中国出版》《中国图书定价制度研究》《数字网络环境下传统出版社的转型发展》《高擎火把的人》《书之重，评之轻》等 14 部著作，发表学术论文及文章近 200 篇。著作、论文及编辑的图书数十次获得国家一级的奖励。2007 年获首届中国出版政府奖优秀出版人物奖，2009 年被评为新中国 60 年百名优秀出版人物、中国百名优秀出版企业家。是中央组织部专家库成员、首批全国文化名家暨"四个一批"人才、首批全国新闻出版行业领军人才，享受国务院颁发的政府特殊津贴。

序 一

陈昕印象

俞晓群

本序作者系海豚出版社原社长。

这几年做出版，不管多难，每年总要为出版人出几本小书。刘杲、沈昌文、钟叔河、朱正……从前辈做起，一本本做下去，直到同辈、晚辈，了却我一点承继与存留的愿望。

陈昕先生的集子，我当然想做。因为在这个变革的时代里，我始终认为，陈昕先生是一位标志性的人物，是我认同的角色。现在真的拿到他的书稿，我认真翻读，兴奋之余，细细思索，心底里涌出一些敬畏的情绪。

其一是他的理论水平。陈先生虽然身居要职不少，头衔不少，荣誉也不少，但以我听闻，行家们对他最多的肯定是"出版家"和"出版理论家"。从经常见于报端的大块文章，到一本接着一本的著作，观其内容，都不是应时的笔谈，而是实实在在的学术论说。比如《中国图书定价制度研究》，是他集调研、实践与理论分析于一体的理论著作，也是国家立项专题研究的项目。

还有《中国出版产业论稿》，其中许多论点独树一帜，敢说真话，敢亮自己的观点，十分难得。此书出版于2006年，那时正值上海世纪出版集团做得风生水起，身为老总的陈昕先生自然很忙，但他应复旦大学出版社贺圣遂社长之约，从自己100万字的文章中，选出40多万字成书，确实厉害，也让我感到惊奇。此类实证性、学术性的书是很难写的，他的时间何来呢？是天赋，是勤奋，是30年的积累？环顾出版业内，有几个人能做得到呢？面对这些，我怎么会不产生敬畏的感觉？

其二是他的资历。我第一次见到陈昕先生，是1995年。在刘杲先生倡导下，中青年编辑研究会成立，胡守文先生任会长，陈昕先生任副会长，我是委员。成立会上见到他，40几岁的人，面上的印象是稳重、谦和、寡言，目光中的傲气却掩饰不住。不久"中青年编辑论丛"出版，陈先生的《编匠心集》收入其中，读后我立即感到，虽然我们的年龄相差无几，他的出版经历之丰富，认识之高远，却远在他的同代人之上。

以书为线索，1985年陈昕先生组织出版"青年学者丛书"，翌年他策划推出"当代学术思潮译丛"，还有"当代经济学系列丛书"等等。1987年至1993年，他先后在上海三联书店和香港三联书店担任领导工作。6年间，他曾经策划了10多套丛书、三四百种选题，亲自担任过近百种图书的责任编辑。

单说他出版的经济学著作，堪称这个时代、这个领域的翘楚。上世纪80年代以降，他的身边聚合了一大批精英人物，奉献出许多优秀的著译。比如1992年间，上海三联书店出版林毅夫、盛洪、张春霖和张军先生的四部著作，并围绕他们的著作，召开"社会主义经济的制度结构"研讨会，提出了"中国的过渡经济学"的重要概念，今天读到当时的论文集，其观点之超前与丰富，且具预见性，确实让人震动。

至今，"当代经济学系列丛书"已经出版200多本。2006年，陈昕先生组织召开这套书"策划二十年座谈会"，到会的作者林毅夫、张维迎、樊纲、盛洪、史正富、陈琦伟、史晋川、洪银兴、贝多广、王新奎、周振华、蔡昉、周八骏、杨鲁军、袁志刚……他回忆道："这些当年默默无闻的莘莘学子，如今全是赫赫有名的大牌经济学家，政府高官，或商界巨子，但是，他们依然珍藏着那个特定时期积淀的款款温情和精神纯粹，应诺点卯。"

陈昕还做过许多发先声、树品牌的事情。他最早推出三部西方政治学著作，有亨廷顿《变动社会的政治秩序》、阿尔蒙德《比较政治学：体系、过程与政策》和达尔《现代政治分析》；他最早推出顾准先生的著作，在香港出版《从理想主义到经验主义》；邓小平南方谈话后，他立即组织20多位中国留美经济学家编写"市场经济学普及丛书"，赶在党的十四届三中全会通过《中共中央关于建立社会主义市场经济体制若干问题的决定》之际高质量推出，承担起为市场经济"时代意识"

普及的重任；他出版萧克将军主编的百卷本《中华文化通志》，引起高层领导的高度重视，并将此书作为国礼。他主编出版"当代经济学译库"，他说，"有一段时间是，我们翻译出版哪位经济学家的著作，哪位就获得诺贝尔经济学奖"。可见选书的精道。另外，陈昕先生每论及一些重点项目，都会列出该书的印数，像《中华文化通志》首印 5000 册，10 年后还可再版；张维为《中国震撼》，现已累计重印 28 次、75 万册，等等。这其中蕴含着商业的诚信与坦率，也使他的"出版个案"论述，达到完善。

其三是他的志向。当今出版是一个群雄分立的时代，刚刚脱出计划经济的窠臼，谁都想各霸一方，找寻虎视天下的感觉。"谁是天下第一"有意义么？有，但大多数老总讲的是"老子一任，天下无双"。陈昕先生不同。虽然他的调门也很高，他说上海世纪出版集团"要努力成为一代又一代中国人的文化脊梁！"他赞赏美国著名出版家帕金斯的观点："出版家的首义是为天才或才华服务。"但他不是"假大空"，他不追求"横空出世"的感觉，他说自己的工作，是在接续前辈们的理念，在做"萧规曹随"的事情，只是希望把事情做得更精彩。在一个大变革的时代里，他更看重传统与学理的依托。

他说，上海人民出版社的追求不是一座高峰，而是一片高原。而这片"高原",是由一代代出版人建造的"高峰"汇聚而成的。他以书为标志,总结出上海人民出版社发展的三个时期:上世纪五六十年代,确立社会科学出版的第一个高原时代;上世纪七八十年代,是第二个高原时代;上世纪 90 年代中后期,是第三个高原时代。正是有了这样的传统和承继,上海人民出版社才有了今天"群峰并立"的辉煌。

他说,中国经济学曾经有一个以上海三联书店为基础的"三联学派"的存在。而这个学派也不是一步形成的,它经历了上世纪 80 年代初到上世纪末,我国经济学研究的四个发展时期,每一个时期以书为标志,最终证实了"三联学派"存在的价值与贡献。

他说,他不是一个人在那里孤军奋战,而是一群人前赴后继,共同奋斗。陈昕先生的身边有许多优秀的前辈,他真心地爱戴他们:汪道涵,夏征农,王元化,巢峰,宋木文,刘杲……正是在他们的引领下,他才有前行的勇气。

回顾中国百年出版,我常感叹,前 40 年,它的重心在上海;后 60 年,社会变迁,人为北移。但上海的文化底蕴还在,陈昕一干出版精英还在。我说不能轻视上海出版,心意正在这里。

其四是他的定力。在一个商业化风起云涌的时代里,文化出版受到巨大的冲击。集团化、上市、融资、造大船、多元化、做大做强、又好又快、跨越式发展、什么挣钱就干什么、怎么挣钱就怎么做……不是说这些口号都不好，只是不能把手段当成目的，忘记出版的本质，而且它们一旦形成一种风潮，一种运动，就会带来不好的结果。在一段时间里，我们都有些昏昏然。但刘杲先生明白，巢峰先生明白，在历史的记录中，有他们的文章为证。

2009 年，我有幸到上海世纪出版集团参观他们的精品图书展厅，我发现，陈昕先生也明白！虽然他身为集团老总，虽然他在这场商业化的风潮中一直处于风口浪尖。但是，他没有跟风冒进，他没有忘记文化，他没有忘记出版的根本！我这样说，因为在那宽敞明亮的展厅中，有他们精美的图书为证！那次参观，陈昕先生亲自讲解，他强调三点，一是这里所摆放的书，都是有文化价值的好书，它们可卖可看，不是摆样子的形象工程，不是印出来糊弄领导的"假书"。二是那些没有原创成果的所谓学术书不能进来。三是商业化媚俗的书，绝不出版。

话说回来。读陈昕先生的著作，还引发我一些个人思考。我是东北人，生于斯，长于斯，锤炼出一副北方人的外部形态。但我的父亲是江苏人，早年他随军北上，时常会吟唱：

"马后桃花马前雪，叫人争得不回头。"直到他去世前几天，他面对着北方一望无际、遍野飞花的春天，还在诉说对家乡月明风清、小桥流水的思念。受父亲影响，在我的情感世界中，始终眷恋江南江北，那风暖柳飘、烟雨亭楼的景色。做出版，我最看重传统。说到传统，不来上海怎么行呢？来上海，见王元化、柯灵、金性尧、黄裳，见陆灏、陆谷孙、陈子善、葛兆光、傅杰、孙甘露，见巢峰、贺圣遂、施宏俊、王为松……还有很多人。

2011 年 8 月上海书展，那一天，我们陪同沈昌文先生去签售他的《八十溯往》。忙了一天，直到入夜时分，我们来到老正兴，与几位好友相聚。

上海的夜，风清气爽，街灯闪烁。陈昕先生很忙。晚一会儿，他来了。几天来，他做了"阅读的春天在哪里"等几个主题讲演。此时，他自己开着车，穿一件红色 T 恤，满身休闲的样子。他以茶代酒，说话不急不躁，和我们聊到深夜。接着又伴着我们，在上海的街道中慢慢行走。过路口时，他会自然地挽起沈公的胳膊。看到这些，我觉得，作为一个文化人，有了这样一些细节，就完整了。同时也激起我更大的敬畏之心。一个人的可敬之处，在大事；可畏之处，却在细节。

那一夜，老酒熏陶，让我有些精神恍惚。口中不自觉地流出辛弃疾《水龙吟》:"落日楼头,断鸿声里,江南游子。把吴钩看了,栏杆拍遍,无人会,登临意。休说鲈鱼堪脍,尽西风,季鹰归未?求田问舍,怕应羞见,刘郎才气……"

是为序。

2012 年 10 月写于北京

一本本书构成的人生

孙甘露

2007 年，上海书店出版社计划出版我的作品系列，并在同济大学人文学院组织召开了我的作品研讨会。就是在那次会上，我得以有幸认识陈昕先生，并聆听他对我的写作以及对中国当代文学的诸多观察和判断。后来我得知，陈昕先生事先嘱咐出版社为他准备了我的作品和相关材料，并为参加会议亲自撰写了发言稿。

　　这件小事多年来一直在我的记忆里。在此之前，对于上海出版界，我只是把注意力集中在他们出版的书籍上，对于出版业所知甚少，也就是从那时起，我开始留意陈昕的文章，也因此注意出版物在它问世的同时与更广泛的社会文化方方面面的关联。这是那次作品研讨会给我带来的饶有意味的启示。实际上，也因此使我得以从出版以及更多的角度，反观写作，这也是陈昕在多处文章里提到的，如何从文化的传承、学术的研究、社会生活的迫切要求中发现出版的焦点及重大命题，并以自己的实际工作来响应时代的呼唤以及出版传统的接续和发扬。

　　在我读来，这本文集的重心有二，一是对汪道涵、夏征农、王元化、陆谷孙、巢峰等老一辈专家学者的生平交往的追忆，同样，这些学术出版、学术研究所形成的交流和思索，无疑是构成陈昕出版生涯极其重要的方面。另一方面，在陈昕从事出版工作的前期，与一众年轻学者的交流促进，也是那个时代年轻一代学子对中国社会经济急剧转型时期思想领域各种迫切需要解决的问题的敏锐思考，构架了经济学理论和中国社会经济发展的实际问题的探索之道，而经济领域的大量问题，不论在学术上还是实际经济活动中都是当时社会思想领域最为急切需要回应的。这是出版人如何主动参与塑造一个国家、一个时代的精神生活的很好的例子。

如同陈昕在《铸就历史的铜镜》一文中论及学者的品格时所说的：大学问家自当具备"通家气象"，学术视野广阔，境界高远。在他的运筹中，"通"者之首义为"贯通"，书中所述文化各端，于以类相从时，复举其始终，查其源流，明其因革，论其古今。"通"者必须"汇通"，文化诸事，无论其为物质形态的，制度形态的，还是观念形态的都非孤立存在。我想，这也可以视为陈昕在大时代背景下出版事业追求的自我期许吧。而这也可以视作所有从事与文化相关工作的人所向往的目标和方向。

作为一个在文化单位供职多年的工作者和写作者，读陈昕这些文字平实、内容丰富的文章经常有会心的瞬间，感触良多。时移世易，那些不懈工作的时时刻刻，那些殚精竭虑思索的日日夜夜，由一篇篇文章，一本本书所构成的人生，就是我们给这个世界的最忠实的答卷。

祝贺陈昕先生！

序 三

与"大时代"同行

罗 岗

熟悉陈昕先生的人都知道，他是一个不折不扣的"工作狂"。所以这本《出版忆往》（增订版）虽然带有回忆录性质，却极少说到个人的"私事"，即使偶尔提及，也往往是和怀念的"人物"有关，进而勾勒出"时代"特有的气氛。因此，梳理下作为出版家的陈昕先生的思想轨迹，也许是一件有意义的事情。

　　在《感念夏征农》中，他说自己最早听人说起夏征农这个名字还是在中学时代，那是 20 世纪 60 年代中期。那时他和夏老的儿子夏晓鲁同在上海市五十四中学念书，而且还是同一个年级。夏晓鲁有极好的身体素质，是当时学校的体育尖子，很受同学们的瞩目。1966 年初，"文革"风烟将起，学校的政治气氛也越来越浓，对涉世未深的初中学生来说实在是迷茫得很。

　　作为"文革"中成长起来的一代，陈昕先生的读书学习和绝大多数"同时代人"一样，是在"社会大学"里完成的。他在（《巢峰：经济学家与出版家的完美统一》）中说道："我从 1971 年起即开始广泛阅读马克思主义经典作家的著作，1973年后我的阅读兴趣逐渐集中到政治经济学领域。"尽管他没有具体解释为什么"阅读兴趣逐渐集中到政治经济学领域"，但显然与那一段时期的历史事件相关。70 年代初期，随着中美关系正常化，中国与日本、西欧等发达国家全面建交以及联合国席位的恢复，中国与世界的关系发生了深刻的变化。1972 年前后，周恩来总理顶住江青集团大批所谓"崇洋媚外"、"爬行主义"的压力，克服"左"倾错误的干扰，为发展对外经济技术交流作了不懈努力。中国先后和日本、联邦德国、美国等十几个资本主义国家厂商签订了一批引进技术和进口成套设备的合同，计划引进规模是 43 亿美元（当时称为"四三方案"）。到1977 年止，"四三方案"成交金额 39.6 亿美元，包括 13 套大化肥、4 套大化纤、3 套石油化工、1 个烷基苯工厂、43 套综合采煤机组、3 个大电站、武钢 1.7 米轧机，以及透平压缩机、燃气轮机、工业汽轮机工厂等项目……这些项目的引进不仅在技术上对中国的工农业生产发展具有显著的效果，而且直接带动了经济生活和社会生活显著的变化。譬如在农村，化肥的广泛使用、水稻杂交技术进一步成熟，导致粮食产量逐步提高，但丰产为何不能缓解农村的贫困？在城市，石化工业的兴起、化纤产品的普及，带来突破"蓝黑"模式的"服装革命"，传统的艰苦朴素风格遭遇到怎样的技术挑战？等等。这一系列在生产与生活领域中出现的新问题，当然需要在文化政治的层面予以有效的回应，更关键的则是，如何在政治经济学的层面给予以具有说服力的解释。我想这是当时吸引包括陈昕先生在内的一批青年人热衷于学习和研究政治经济学的直接动因。因此，70年代中期围绕"资产阶级法权"、"唯生产力论"和"小生产者"等政治经济学议题的论辩，对应的正是这一轮对外经济技术交流所导致的经济生活与社会生活的变化，而且历史地看，也是在这些议题上的论辩以及后来对极左思潮的批判，为1978年底开启的"改革开放"创造了思想与理论的必要前提。

正如韩钢的研究所显示的，1977年至1978年间，经济领域涉及的重大问题有四个：一是纠正否定商品生产和商品交换的错误观点，重新肯定社会主义必须大力发展商品生产和商品交换，重视价值规律的作用；二是批判对所谓"资产阶级法权"和按劳分配原则的错误批判，重新强调按劳分配和物质利益原则；三是批判对"唯生产力论"的错误批判，强调生产力发展在社会主义发展中的重要地位；四是提出按经济规律办事，提高经济管理水平。（参见韩钢：《最初的突破——1977、1978年经济理论大讨论述评》）陈昕先生当年对马克思主义政治经济学的阅读与学习，正是在这个意义上，体现出了改革历史的"断裂"和"延续"。还是在《巢峰：经济学家与出版家的完美统一》中，他说道："1977年我从部队复员回到上海，被分配到上海市出版局组织处任干事，一年多后经反复要求，组织上终于同意我到局资料室从事资料工作。……70年代末的上海市出版局资料室收藏有几乎完整的'文革'前出版的经济学著作，这对我来说简直是如获至宝，于是开始了长达一年的系统的经济学著作阅读之旅。之后，我也尝试做一些经济学的研究，于70年代末80年代初，先后在《文汇报》《社会科学》等报刊上发表了《按劳分配不是按劳动产品的价值分配》、《社会主义全民所有制内部存在商品生产》等多篇论文。"

70年代末期在经济领域开启的辩论，最初大都局限在经典的马克思主义政治经济学领域。随着对商品经济地位的承认，当时引发了一场关于"雇工算不算剥削"的讨论，据说最后以马克思《资本论》中《剩余价值率和剩余价值量》一章的"小业主"与"资本家"划分为根据，以雇工"八人以下不算剥削"做了定论，并且认为："除传统的变工、换工、零工外，请帮工、带徒弟有学技术的成分，剩余价值量小，可以不视为雇佣劳动。同时，雇佣劳动不等于雇佣劳动制度，为发展生产所必需，利大于弊，不妨允许，至少暂不取缔，以便为改革摸索经验"。然而，改革中层出不穷的新现象已经远远走在经典理论解释的前面，陈昕先生当时也越来越清晰地意识到这点，他在谈到自己的老领导也是前辈经济学家巢峰时，一方面强调了拨乱反正时期巢峰在经济理论上的重要贡献："《谈谈社会主义基本经济规律》是巢峰同志比较重要的一篇经济学论文，是其 1980 年在上海经济学会年会上所作的学术报告摘要。……巢峰同志提出了'国民经济既要制定生产计划，也要制定生活计划'，'不仅要处理好积累与消费的关系，还要合理安排好积累与消费各自内部的比例关系'，'实行体制改革，使公有制企业直接面对市场，对消费者负责'。在改革开放之初，理论界尚处在拨乱反正的'阵痛'之中，巢峰同志就触及了我国经济改革的核心问题，实在是难能可贵"；但另一方面他也对这种仅就"现象"论"现象"的讨论感到不满足了，"巢峰同志的论文大多只是发现问题，而少有对问题背后的原因及其机理的分析；但是，这些文章毕竟抓住了当时经济社会生活中最为重要的一些问题，掀起过激荡血肉的思想冲击，至今读来'余温'犹在"。

正是这种不满足感，很大程度上决定了陈昕先生在出版界一起步，就扮演了"盗火者"的角色。面对改革时代经济领域不断出现的新现象新问题，既然希望对"问题背后的原因及其机理"进行更深入的分析，那么必然需要寻找更多的理论资源。因为在社会主义经济的框架内寻求突破，首先进入视野的是东欧社会主义国家的各种经济改革理论，特别是科尔奈的"短缺经济学"对中国产生了极大的冲击。而东欧的经济改革理论之所以能够发挥作用，其中一个重要原因在于他们广泛地借助了各种西方现代经济学的资源。陈昕先生在《"黄皮书"是如何诞生的》一文中，强调"20世纪70年代以来，西方非均衡理论发展很快，已经成为西方经济学领域中不可等闲视之的理论分支……它被广泛地运用到社会主义经济运行的研究之中，匈牙利著名经济学家科尔奈在这方面就作出了杰出的贡献。有鉴于此，我们组织翻译了《市场非均衡经济学》和《开放经济中的非均衡宏观经济学》两本重要的著作"。由此进一步激发了现代西方经济学理论的译介热潮，譬如"黄皮书"中的《理性预期：80年代的宏观经济学》和《供应学派革命》都是"'鲜榨'的学术果汁"，当时产生了很大的社会效应和学术效应。这些书不只是对西方最新的、尚有争议的经济学理论的介绍，而且选择相关的理论也包含着对当下中国改革实践的关切，像《供应学派革命》"是对经济学前沿和美国宏观经济管理与运行最新动态的反映。20世纪80年代中叶，好莱坞演员出身的美国总统里根不仅改变了世界的冷战版图，还给美国经济带来了'意外'的活力与繁荣。而他的经济智囊团里，起用了一批非主流的供应学派经济学家，他们的主张成为里根'经济复苏计划'的主要理论依据，这让许多学者百思不解。如何认识、评判这样一个缺乏完整的理论体系、尚处在成长之中的'异端'学派，不仅是学术好奇，更具有中国式的现实改革中

'消化吸收'的价值。于是，我们在最快的时间里出版了《供应学派革命》，厘清了这一学派与凯恩斯学派、萨伊定律的分歧与共识，分析了它适应当代资本主义经济从需求不足到供应不足的深刻变化"。

应该说，如何让中国式的现实改革进一步"消化吸收"西方经济学理论成为了陈昕先生主政上海三联书店期间，打造"当代经济学系列丛书"、形成中国经济学"三联学派"的核心问题意识。按照他在《中国经济学曾经有过一个"三联学派"》中的总结，形成这一学派的标志，不只是中国经济学家在宏观经济与微观经济的各个层面"达到了比较娴熟地运用现代经济学方法的水准"，更关键是，"改革开放以来中国的制度变迁实在太大，如果这种变迁和由其带来的增长与发展能持续下去，如果经济学家深入其中，在准确把握这些变化的基础上，进行各种规范与实证的分析，提炼出具有一般意义的经济学成果，那么中国经济学家就完全有可能在世界经济学界取得自己的地位……中国的改革经验有可能在理论形态上得到全世界的重视"，在此基础上他和经济学家一起提出了"中国过渡经济学"的构想，1994 年出版了由盛洪主编的《中国的过渡经济学》一书，其中收录了 11 篇有代表性的文章。这意味着中国式的现实改革对西方现代经济学理论的"消化吸引"，不能停留在仅用"理论"解释"现实"的阶段，而要进一步意识到"现实"对"理论"的挑战以及从"现实"出发形成"新理论"的可能。但正如陈昕先生后来在《邓英淘：为了多数人的现代化》中所说，用"过渡经济学"来命名中国的现实改革，预设了这一现实是暂时的、特殊的、具有过渡性质的，最终必然要"与国际接轨"，回归到永恒的、普世性的、终结性的"西方模式"："不少经济学家看到了中国的国情与西方不同，我们的改革过程和方式会有异于西方，于是就有了'过渡经济学'一说。80年代后期至90年代中期，我曾多次组织研讨会，邀请全国各地的经济学家共同研讨中国的过渡经济学问题，也出版了一些研究成果，试图建立'中国的过渡经济学'。但实事求是地讲，那时在相当多人的潜意识里改革的彼岸还是那些已经现代化了的西方国家模式，只不过在过渡期基于国情我们必须有自己的做法。"

陈昕先生对"过渡经济学"蕴含的"期待预设"能够有所警觉和反思，与他在90年代初到香港工作的经历密切相关。他在《感受香港的文化季风》中有这样的叙述："20世纪90年代初，不仅香港处在回归中国的过渡期，整个世界也处在剧烈的政治动荡与过渡期之中，柏林墙的倒塌，苏联的解体，韩国的学生运动，信息技术的发展，'亚洲四小龙'的快速崛起……人们谈论最多的是'全球化'与'蝴蝶效应'，世界已经成为一个'小村落'，欧美经济'患感冒'，香港经济就会'打喷嚏'。"一方面，在全球化的背景下，"历史已经终结"的论述甚嚣尘上，"过渡经济学"分享了"西方现代化道路"代表"人类普世价值"的"预设"，在这样的视野下，现代化程度较高的香港自然应该成为内地的榜样；另一方面，现实的香港固然有高度现代化带来的繁华，但同时也清晰地显示出与"现代化"相伴的"弊端"："香港经济……已经暴露出越来越多的问题，其中主要的问题有高通胀、高楼价、社会福利，以及金融体系的现代化、国际化、多元化与加强监管等。所不同的是，香港的经济转型或过渡发生在一个特殊的历史时期，即由英国管制向中华人民共和国特别行政区过渡的后半期，不得不受到某些因素的影响，这使得已经暴露的经济问题变得更加复杂。对此，在人们惊叹香港的经济成就、企望洞悉其成功奥秘的同时，越来越多的香港人正在用不同的方式、不同的语言，在不同的场合表达他们对这些经济问题不同程度的困惑和担忧。"这并不是要求天下有"十全十美"的"现代化"，问题在于即使人们乐于接受"现代化"带来的所有"弊端"，但中国大陆是否能走通"亚洲四小龙"的"现代化"道路？陈昕先生在《邓英淘：为了多数人的现代化》中曾提及邓英淘在香港对陈昕先生说的那个"跳蚤与大象"的比喻，恐怕是最好的回答吧："当时全国正在讨论和思考'亚洲四小龙'模式，探讨比较多的是'大进大出'的国际大循环战略。记得英淘同志很认真地对我说，中国不可能走'四小龙'道路，沿海地区当然可以搞两头在外的来料加工，出口挣外汇，拉动 GDP 增长，但不宜复制推广到全国。从长期来看，靠这种模式无法真正实现中国的现代化。道理就在于量级不一样，中国与'四小龙'，就像大象与跳蚤，如果以人口作为基本尺度，那么'四小龙'合起来也要比中国低两个数量级。跳蚤可以跳到自己身高的两百倍，即使肌肉构造原理相同，大象再拼命锻炼，跳起身高一半都难以想象。"

"跳蚤与大象"的比喻首先反思的是"西方经典现代化道路"。陈昕先生说道，按照邓英淘的说法，这条发展之路"就是以大量耗用不可再生的资源为基础，以大批量生产的存量型技术为手段，千方百计地增加 GDP，以实现国家的富裕和繁荣。在很长一段时间里，大多数发展中国家自觉或不自觉地实行着这种发展方式，希望以此早日实现现代化。但英淘同志清醒地认识到，这种西方国家现代化的方式只能实现全球一部分人的发展和富裕，是'少数人的现代化'道路"。既然此路不通，且不可复制，那么，"有没有一条不同于西方经典发展方式的道路能实现多数人的现代化呢？"如果有，作为一只"历史长、人口多、底子薄"的"大象"，中国从 80 年代直到 2008 年全球金融危机，GDP 保持了大约平均 10% 的增长速度，最近几年，即使中国经济增速逐步减缓，依然保持了 6%—7% 之间的增长，是否算是走通了"另一条发展之路"？陈昕先生在《在法兰克福奏响"中国模式"的乐章》中说，面对"中国道路"，"西方主流媒体把中国的奇迹归结于廉价的劳动力、外资的推动、出口的拉动，以及威权政府，意在否定'中国模式'对发展中国家经济发展的意义。西方主流经济学认为，中国经济的高速发展可以用西方制度经济学的产权理论和宏观经济学的内生增长理论来解释，由此鼓吹在中国实行私有化和自由化"。而陈昕先生认为，在中国改革行进了 30 年之后，"中国奇迹"不再会仅仅被理解为某种"过渡"或"转型"的状况，而标志着某种"新的历史开端"，"中国的发展和中国的模式已经不再仅仅是中国人自己的事情，它开始具有了世界的意义。……中国奇迹的发生并不像上述几种解释所说的那样，而有着自己独特的历史逻辑，值得在更高的层面上加以认真的探讨。于是，在与史正富教授商量之后，我们把论坛的主题定为'解释中国奇迹之谜'，因为新的历史已经开启。"

"中国奇迹"在某种程度上就像张五常所做的另一个比喻，

"一个跳高的人，专家认为他不懂得跳高。他走得蹒跚，姿势笨拙。但他能跳八尺高，是世界纪录。这个人一定是做了些很对的事情，比所有以前跳高的人做得更对。那是什么？在不同的内容上，这就是中国的问题。"（张五常：《中国的经济制度》）在奉"西方模式"为圭臬的"专家"眼中，中国这只"大象"永远"走得蹒跚，姿势笨拙"，但他却无法解释为什么"笨拙"的"大象""能跳八尺高，是世界纪录"。这表明西方经典现代化理论所提供的思考框架，已经无法有效容纳当代中国改革的深度、广度和力度，这体现在诸如关于"后发优势"还是"后发劣势"的争论上。陈昕先生在《林毅夫与他的发展经济学理论》中写道："质疑新结构经济学的经济学家则采用杨小凯的'后发劣势'说，来反对'后发优势'说，认为如果发展中国家不先模仿西方国家进行宪政体制改革，仅在经济领域进行改革，虽然前期的发展速度会快一些，但长期来看会导致问题丛生，经济陷于困境。这些经济学家一般都用中国当前经济生活中出现的腐败问题和收入差距拉大现象来作为论据。对此，林毅夫认为，新结构经济学在强调发挥'后发优势'来加速发展经济的同时，也强调在经济发展过程中要创造条件，审时度势，推进制度改革，把旧体制中的各种扭曲消除掉，以建立完善、有效的市场。至于是不是因为没有进行西方式的宪政改革就必然会导致腐败和收入分配差距拉大，林毅夫引用世界银行的研究告诉我们，这些问题在苏联、东欧等先行开展宪政改革的国家同样存在，甚至更加严重。他举例说，在这些国家，为了避免私有化以后的大型企业破产倒闭造成的大量失业问题，或是因为这些企业涉及国防安全等原因，在休克疗法消除了旧的补贴以后，又引进了新的更大、更隐蔽的补贴，其结果是寻租、腐败和收入分配不均的现象比中国更严重。"

陈昕先生推崇林毅夫对中国改革经验的理论总结，一个重要原因在于他并不讳言"中国道路"依然面临重重难题，但林毅夫相信中国因其巨大人口数量和地理跨度，虽然启动任何变革都极端困难，但一旦启动，就会产生巨大的能量与惯性。一些经济学家认为，"现在中国经济结构失衡、社会矛盾尖锐、生态环境恶化、市场机制受到抑制，这些阻碍了中国经济的发展速度，未来中国经济的降速不可避免。"林毅夫则认为，"作为发展中、转型中的经济，中国固然存在许多体制、机制问题，但是，最近四年来的经济增长减速则是由外部性、周期性因素造成的，中国经济的内部仍然存在保持一个较高增长速度的潜力和条件。从后发优势的理论看，中国虽然经历了连续 35 年的高速增长，但由于我们与发达国家的产业、技术仍然存在较大的差距，因此保持较高发展速度的潜力还很大。"

陈昕先生还在《〈中国震撼〉的出版及其价值》中写道：风物长宜放眼量，从长时段的历史来看，中国的发展"不会照搬西方或其他任何模式，它只会沿着自己特有的传统轨迹和历史逻辑继续演变和迈进；在崛起的道路上它可能经历挫折和困难，但其崛起的轨迹和方向已清晰可见，且不可逆转"！

2018 年是中国改革开放 40 周年，《出版忆往》（增订版）的面世，可以说是献给改革时代最好的礼物之一。它记录下的一切不仅是改革开放 40 年的见证，还是陈昕先生与时代的机缘和机遇，为中国改革开放的历史赋予了独特的魅力与形式。在这个意义上，我们更能理解这本书虽是"忆往"，却少言"自我"，因为"个人"已经和"时代"融为一体了。

1927 年，鲁迅在上海为黎锦明的中篇小说《尘影》题辞，写下对那个时代最真切的感受："在我自己，觉得中国现在是一个进向大时代的时代。但这所谓大，并不一定指可以由此得生，而也有可能由此得死。"（《而已集·〈尘影〉题辞》）回首中国伟大的改革开放事业，同样是"方生方死"、"向死而生"，困难重重、依然向前……

祝福陈昕先生，能与"大时代"同行，是何等的幸运！

2018 年 3 月改毕于上海

目 录

"学林"：我的菩提树

原载《中华读书报》，2011 年 10 月 19 日

"菩提"一词为梵文 Bodhi 的音译，意思是觉悟、智慧。佛门中，菩提树是圣树，相传佛陀是在菩提树下遇仙成道的。世俗语汇里，菩提树是一棵觉悟的智慧之树。出版工作也是需要大觉大悟、大智大慧的。回望我的出版生涯，最初的觉悟之地就在学林出版社，所以，它不仅是我出版工作的出发地，也是我出版事业的"菩提树"。

　　学林出版社成立于 1981 年 3 月，在当时上海市出版局研究室的基础上组建，以出版学术理论著作为特色，属于综合性出版社。出版物布局于人文社会科学领域，并在全国首家承办自费出版业务。成立之初，由出版局副局长刘培康同志兼任社长，编政由柳肇瑞、欧阳文彬两位同志主持。由于欧阳文彬同志不久就请了创作假，去写小说《在密密的书林里》了，日常工作就由柳肇瑞同志具体负责。

　　1977 年 3 月，我从沈阳军区第 360 团复员回到上海。由于我在部队担任过《前进报》、《沈阳日报》等报社的通讯员，并曾被评为优秀通讯员，所以徐汇区复员退伍转业军人安置办公室将我分配到上海市出版局工作，先是在组织处任干事，一年多后经我反复请求，组织上同意我到出版局资料室担任资料管理员，同时编辑一份内刊《编辑参考》。机关资料室在常人眼里只是一个小角落，资料员当然仅是一个小角色。但是出版局资料室却是我的大学。在部队服役期间我的学习先是广泛涉猎文史哲经领域，后来主要转到政治经济学上，曾在报刊上发表过一些文章。出版局资料室藏有"文革"前所属出版社出版的所有样书，我十分得意于这片小天地，在这里精读了《资本论》等经典著作，通读了"文革"前出版的各类经济学专著及"文革"前、"文革"中专供高级干部阅读参考的灰皮书、白皮书系列（以西方前沿的经济学、国际政治、西方马克思主义研究为主），浏览了人文社会科学的大部分理论读物。随着阅读的厚实、丰富，我对中国经济的思考与写作也随之活跃，恰逢改革开放之初，中国经济发展所面临的理论与实践问题很多，也很迫切，我的一些理论思考很得报刊的青睐。

1980年我曾在上海的《社会科学》杂志上发表了长篇论文《社会主义全民所有制内部存在商品生产》，接着又在《光明日报》上发表了《把计划建立在市场的基础上》一文，之后时有文章见诸报刊。时任上海辞书出版社社长巢峰同志读到这些文字后把我借到该社参加编辑《简明社会科学词典》和《西方经济学名词解释》，还约我为他主持编写的《通俗政治经济学》一书撰写有关消费的部分。总之，在转身做图书编辑之前，我的阅读生活、写作生活都积累了一定的"底气"，很渴望延伸到编辑工作中去弄大潮。恰逢其时，学林出版社成立，我作为第一批编辑人员加盟，负责经济学读物。30年后，回首自己编辑生涯的起步，依然十分欣慰，我是将桅杆、风帆都准备停当之后才"出海"远航的。我常常对青年编辑们说，编辑最重要的是他的学术积累，以及由这份积累所生发出来的学术眼光和思想境界。好书是如何产生的？王一方同志在担任少年儿童出版社社长时对此有一段阐述，我很赞同。他说："好书是一个爱读书的人（编辑）与另一个爱读书的人（作者）共同寻找、商讨话题，谋篇布局而成，是一个会写文章的人（作者）与另一个会写文章的人（编辑）共同切磋文字，怀着'语不惊人誓不休'的追求反复打磨出来的。"

一般说来，初创的新社缺乏积累，主要还不是在经济与经营上，而是在作者的人脉资源（背后是作者的信任度与出版社的美誉度）上，新社要克服后发劣势，短期内追赶甚至超越大社老社（常常聚集着一批大师与专家），就要寻找新的竞争战略，出奇兵（差异性）则是关键。刚当编辑时，与许多新编辑热衷于向名家大师组稿一样，我也尝试过向大牌经济学家组稿。由于对经济学有系统的阅读，很熟悉这个学科的资源地图，全国哪所大学及研究院所，在哪个分支学科具有优势，有哪几位领军人物，我心中都有一本细账。我曾先后给吴敬琏、张卓元、赵人伟等诸多著名经济学家发过约稿信函，但均石沉大海；我曾多次登门组稿也几乎是全无效果。

令我印象最深的是对复旦大学经济学院院长陈观烈教授的拜访。陈观烈教授是国内顶尖的货币银行学专家，他在复旦大学开的货币银行学一课很受学生的欢迎，我知道后便约他的学生陪我去其府上组稿，想出版他的货币银行学讲义。当我谈完组稿的想法后，陈教授很坦然地告诉我，他已经被京沪两地的大出版社"包围"了，稿约都排到了数年之后，作为一个学者他十分爱惜自己的羽毛，不到深思熟虑未敢轻易立论著述，言外之意，我还听出了即便他有了自己满意的作品也不会轻率地"许配"给新成立的出版社。这番话虽然逆耳，却道出了许多大学者心中真实的出版思维。毫无疑问，老一辈的名人是各家出版社"争夺"的对象，不过，因为自然规律的作用，他们的新作总是有限的。如果眼睛只盯住他们，出版社的路将越走越窄。所以，从一开始，我就把注意力放在努力开掘新人新作上。我暗自揣摩，要将眼光更多地瞄准甚至锁定经济学界的新生代，倾心于那些未来10年、20年后的学术大师。这不仅仅是我个人的执拗，也是特定时期的特定学术发育机制要求我这样做的。

20世纪80年代初，是一个特殊的学术开放与繁荣的年代，中国经济学，乃至整个中国学术的"代际更替"恰好与"理论大转轨"时期重叠，而中国改革开放的实践又呼唤着经济学理论的创新。这给新生代经济学家的崛起提供了比常规时期更大的平台与空间，更宽阔、快速的上升通道，社会主义市场经济体系的建立一夜之间需要数以千计的新锐经济学家，时代呼唤着青年学人迅速成长，快速递进，出版人在其中应发挥重要的作用。把握了这一新时期学术成长的规律也就坚定了组稿的方向。于是，我经常梭行在各所大学的校园里，手拿自己悉心整理的中国经济学前沿选题清单，与这些青年学人讨论、争论，不久，就碰撞出一串串鲜活的思想火花和新的著译书单来。

学林出版社成立后进了一些有出版理想和文化志趣的青年编辑，如曹维劲、陈达凯等，他们后来都担任了出版社的重要领导职务。对青年学人的培养和发掘是我们这些青年编辑当时议论的主要话题。经过一段时间的酝酿，在社领导柳肇瑞等的支持下，1985年我们几个青年编辑策划了"青年学者丛书"，这是全国第一套面向青年学人的丛书，我负责其中的经济学选题。"青年学者丛书"开宗明义地指出:"80 年代中期,我国学术理论界有一股颇为引人瞩目的'前喻'文化潮流。一批青年学者奋然崛起,以犀利的锐气、独到的见识和严谨的学风,向我们展现了不少令人振奋的新的研究成果。""面对学术理论界新人辈出的形势,出版工作者有责任把他们有价值的研究成果推向社会。这对于我国学术的繁荣和新人的成长都是十分有益的。"这套丛书一经推出就受到了学术界和出版界的高度好评,一时间全国的青年学人纷纷聚集旗下,希望能在其中有出版的机会。

学界对这套丛书评价最高的是其中的经济学著作。陈琦伟的《国际竞争论》旨在通过对传统国际分工理论的探讨和对学术界国际分工理论论战的分析,提出一种反传统的、新的国际分工理论——国际竞争型分工论,及其相应战略——国际竞争力导向型战略,试图为我国对外经济开放提供一种有战略意义的理论依据。该书一出版就在学术界引起广泛反响,还得到了日本经济学家的好评,并荣获第二届"孙冶方经济科学著作奖",不久陈琦伟还当选了上海社联副主席。符钢战、史正富、金重仁的《社会主义宏观经济分析》是中国第一部运用现代经济学框架分析中国经济运行的著作,它从社会主义国民收入生产、分配和使用的角度入手,从宏观的层面分析了社会主义短缺经济的总体运行过程。该书出版后好评如潮，获得首届"中国图书奖"，评奖时有个小插曲，因为此书刚刚上市，东北地区一时还未到书，著名经济学家、辽宁大学副校长宋则行教授作为评委拿到样书看过以后，马上请人复印一册，置于案头研读。金重仁还被匈牙利科学院社会主义经济研究所请去，就此专题作了一周的演讲。张志超的《汇率论》从整体上对汇率决定、汇率变动、汇率机制、汇率制度、汇率政策等进行了研究，并对人民币汇价制度的改革提出了自己的见解。周八骏的《国际收支论》对国际收支的四大问题，尤其是国际收支均衡问题作了全面探讨，提出了一些新的理论和概念，在此基础上对我国国际收支管理体系的目标、机构、机制及相关问题进行了研究。张著和周著均填补了我国金融学领域的空白。杨鲁军的《论里根经济学》通过对 200 多年来，特别是最近半个世纪以来美国经济的多视角考察，以逻辑的和历史的方法并重，深入地研究了里根经济学产生的历史背景，开创性地探索了里根经济学所蕴含的理论内容，系统剖析了里根经济学的理论基础、经济哲学思想和创新特质，富有洞见地指出里根的经济政策是对供给学派、货币学派和凯恩斯主义的创造性综合，客观评价了里根经济学的政策效应，在此基础上就中国经济改革和发展的若干问题提出了极有价值的建议。该书出版后，1988 年里根总统的经济顾问杰·格雷斯在访华期间专门到上海，接受杨鲁军的赠书。随后香港中华书局和台湾中华书局分别出版了此书的香港版和台湾版。

"青年学者丛书"中的这些经济学著作为中国早年的改革开放实践提供了重要的理论引领。我的这些作者如今还很怀念他们的处女作，很感念我最初对他们的"另眼相看"，在他们学术的初创阶段使劲推助了一把，让他们心中燃烧起巨大的学术自信，竖起高高的学术桅杆，鼓起丰满的奋斗风帆，并迅速脱颖而出，成为中国经济学界的骄子。比如，陈琦伟的《国际竞争论》，是我在《世界经济》杂志上看到其发表的两篇论文后，专程到华东师范大学找到他，请他在这两篇论文的基础上扩充成书。而《社会主义宏观经济分析》一书，从选题、提纲和内容都是我和作者一起反复讨论和修改后成书的，那时几乎每个星期天我都要到符钢战位于南市区的小屋里一起讨论书稿修改事宜。时光荏苒，30年过去了，回头思考，我的编辑成长之路与一代经济学家成长之路相互重叠、相互攀援、互相交映、互相砥砺绝不是偶然的，而是一份时代气韵与个人命运共同编织的机缘，如果说当时我大力拔擢新人、新作的出版路径在一定程度上是逼出来的，但与他们相互之间深度地精神交流，分析、捕捉中国经济的时代命题，切磋、探索中国经济学的前沿地带、敏感话题，发出振聋发聩之声，推出有品质、成系列的主题丛书，则完全是出自"有准备的心智"、"有谋划的战役"。

过硬的案头功夫也是一个编辑必须具备的基本功，在学林出版社工作期间，我在这方面得到了很好的磨炼。这首先要感激柳肇瑞同志的引领。柳肇瑞同志编辑任何一本书，无论是鸿篇巨制，还是小册子，都会字斟句酌，推敲到家。他常常对青年编辑说："做出版工作首先应该做一个细心人、有心人，一个遇事认真的人，就像汪原放当年秉烛夜校《水浒传》，没有一丝不苟的'水磨'功夫，是不可能做好编辑工作的。"当时我的策划胃口很大，手上待编的书稿很多，但丝毫不敢"快吃萝卜不洗泥"，我几乎放弃了所有的节假日和晚上的业余时间，全身心沉浸在书稿中，梳结构，顺逻辑，斟酌词句，复核文献，丝毫不曾懈怠，而且还不能随手就改，必须与作者坦诚沟通，让他们按照我的意见去修改订正，并举一反三，实现书稿的整体提升。记得我在学林出版社编辑的第一本书稿是《人口浪潮与对策》，该书的 3 位作者均是复旦大学的青年教师，且是第一次写书，书稿的结构、文字都有很明显的硬伤，我前后花了 8 个月，几上几下，反反复复，退修三四次，才敢发稿。这本仅仅 15 万字的书稿要用如此之多的时间进行编辑工作，对于今天的编辑来说可能是难以想象的。但是钢铁只有这样才能炼成，文字功夫只有这样才能提高。

严谨是学林出版社的良好作风，体现在每一个编辑的工作中，尤其是老编辑雷群明、林耀琛、沈兆荣等更是为人表率。我曾经编过一本小册子，叫做《记忆惊人的途径》，作者的文字功夫相当好，我顺顺当当地发了稿，但时任副总编辑雷群明决审后还是挑出了不少瑕疵，此事让我汗颜不已，深深感到案头功夫也无止境，需要历练。以后我无论是做编辑工作还是写文章，总是习惯于多查词典，定稿后还要推敲一二遍，以尽可能地避免出现不应当的错误。

1987 年 1 月，我担任了学林出版社编辑室主任，半年后因工作需要，我被调任上海三联书店副总编辑，告别了我出版事业的菩提树。学林六年工作的时间很短暂，但却是一段令我难忘的岁月，在那里我初次领悟了出版是干什么的，体验到了出版的价值和尊严，选择了出版作为自己终身的职业。

"黄皮书"是如何诞生的

原载《财经》，2012 年第 27 期

在中国当代文化思潮中，读者对于引导潮流的出版物有一种俗成的约定，就是将封面颜色作为简约的称谓。积淀在中国当代阅读史长河里的就有"灰皮书"、"黄皮书"、"黑皮书"。很显然，能享有这样的称谓，一定是开风气、领风骚、引新潮的大型丛书套书。上世纪五六十年代，北京、上海有两套"灰皮书"，分别由人民出版社（三联书店）、上海人民出版社内部刊行。所收的大多是西方当代重要学术思潮的代表性著作，如汤因比的《历史研究》、悉尼·胡克的《历史中的英雄》、约翰·杜威的《人的问题》、伏尔泰的《哲学通信》等。出版"灰皮书"的目的是为了供高级领导干部了解和批判资产阶级学说，但客观上也成为文化封闭时代中西思想与学术隔而不绝的"气孔"，成为那个时代先醒者与先知者的思想养料。1966 年"文化大革命"爆发，把这两个小小的"气孔"也给堵上了。

改革开放之初，出版界作为思想激荡的先锋爆发出新的强烈的启蒙热情。80年代初期，一套名叫"走向未来"的丛书风靡全国，这套丛书的封面采用黑白构图，以展示思想的清浊激荡，可能是因为国际上"白皮书"带有官方政策性发布的特定含义的缘故，这套书并没有被思想界称为"白皮书"。这套丛书虽然在四川出版，策划班子与编辑委员会都在京城，汇集了中国思想界诸多新锐人士，因此，思想新潮，视野宏阔，为改革开放之初的思想者、探索者注入了许多鲜活的精神元气。当时，我在学林出版社担任编辑，因为与四川人民出版社参与此套丛书编辑工作的邓星盈（后任四川人民出版社社长）相熟，常常可以在第一时间读到这套丛书的最新刊本。我一直认为，"走向未来"丛书是改革开放初期，中国出版界在解放思想方面最重要的成果之一，开一代风气之先。不过，在惊叹这套丛书的气势与新锐的同时，也隐隐察觉到它的某些不足。譬如丛书的整体结构有些随意、将就，触及改革开放核心的经济学选题相对偏少；由于出版周期的急迫，许多选题缺乏必要的打磨与积淀，因此，一些品种题重文轻，可以看得出来，有的书是作者的急就章，真正的"干货"只是一篇论文，《西方的丑学》就是如此；毕竟是大风乍起的年代，不少新知睿识来不及研究吃透就被催生成出版物了；一些译作的翻译比较粗糙，如马克斯·韦伯的《新教伦理与资本主义精神》，只是一个粗糙的节译本。总的看来，这套丛书的启蒙意义大于学术积累，而且，编辑的职业介入程度似乎不深，基本上是编委会操盘。这一切必定会折损其市场的生命周期和传播、收藏价值。于是，一个念头盘桓在我的心头，那就是要以上海学界为基础，由编辑主导，策划出一套兼顾思想启蒙和学术深耕的丛书来，满足思想界的热切需求。这才有了后来的"黄皮书"——"当代学术思潮译丛"。

确定了立足中国、立足当代，思想启蒙与学术深耕并举，只收译作，不收原创，注重新学科、新思潮、新观点，具有学科标志性、代表性，具有重大影响力的学者和作品等策划原则之后，1985 年起，我开始了全面的学术调研与走访，沪上的青年学人是我走访的重点，因为这之前，我参与编辑了"青年学者丛书"，结识了一批思想活跃、学养深厚的学术新秀。我首先找到了复旦大学世界经济系的研究生杨鲁军，他是一位思想极为活跃的青年学者，本科期间就已经发表了多篇有影响力的论文。杨鲁军对我的设想极为赞同，帮助我联系上了复旦大学哲学系的博士研究生张汝伦、新闻系的博士研究生武伟、外文系的博士研究生汪耀进，后来我又叫上了华东师大经济系的青年教师陈琦伟和历史系青年教师王晴佳。我们在一起检索当代西方学术文献、分析当代学术思潮的流派和走向，经过深入的调研，一个完整的丛书结构和轮廓开始凸显出来。之后又经历了几次争锋和激辩，确定了最初的 20 本书目。

第一批 20 种书目的突出特点是选题布局比较讲究，体现了较好的结构感，其中有西方当代政治学的扛鼎力作，有经济学的最新流派，也有现代心理学的先锋之作，新史学的最新进展，还有科学哲学、横断学科的协同论、突变论、混沌学说，以及传播学、未来学、生态哲学与环境科学的前沿之作；出场的有学术大师，如政治学的亨廷顿，科学哲学的普利高津等，也有学术新秀、思想野狐禅拉兹洛、里夫金等；体裁上既有经典笔法的学术专著，也有作为公共知识的思想综论、学术普及读物，还有文笔轻松的名家访谈。

完成第一批选题的策划和确定译者后，接下来就是繁重的案头编辑与加工。由于这批选题涵盖的学科领域广，涉及语种多（英、法、德、俄、日），而当时我所任职的学林出版社刚组建不久，学术编辑的团队尚在建设之中，学术素养深厚、懂多种外语、能娴熟处理书稿的编辑人数不足，为尽快成系列地推出这套丛书，我想到被称为"中国翻译图书出版重镇"的上海译文出版社。我一直的好友石磊此时刚刚出任上海译文出版社副社长，他是当时上海最年轻的出版社领导，我们经常在一起纵论出版改革的大趋势和阅读讨论一些重要的图书。我拿着策划书与第一批译稿寻求石磊的帮助。听完我的介绍，敏锐的石磊立即意识到这是一套可能在思想界、学术界划破星空的丛书，当即提出在上海译文出版社立项出版，此事还得到了时任上海译文出版社社长、著名翻译家孙家晋先生的支持。为加强出版推进力度，上海译文出版社经研究由分管社会科学著作出版的副总编辑、著名翻译家汤永宽先生担任丛书主编，我与杨鲁军担任副主编，译文社抽调精干编辑队伍投入译稿的编辑与加工环节，保证丛书以最优秀的译校质量推向市场。我作为副主编和策划人，通读了大部分译稿。在封面设计环节，我们特别强调将丛书策划的核心意图设计在封面上，同时加强色彩、构图的标识性，以形成丛书鲜明的风格。在石磊的指示下，著名装帧设计家陶雪华担任了这套丛书的设计师。陶雪华属于对内容有一定悟性的装帧设计家，她以鲜艳的明黄作为封面封底的底色，策划要点与书名顶天立地，夺目、大气中透出秩序。这就是后来被读者高度认同的"黄皮书"明快简洁的装帧特色。

1986 年底黄皮书一面市，就受到读者的热烈追捧，首印均在 5 万册以上，而且印数一再追加，最为火爆的是《第三思潮——马斯洛心理学》，首印的 15 万册一个月内断货，立即加印至 20 万册才满足第一波市场的需求。说起来，马斯洛的人本主义心理学在西方学术界已经不是时鲜的理论了，但是，经过 30 年的学术积淀，人们开始对他的学说有了新的意义发现。弗兰克·戈布尔的《第三思潮》的热销，就在于他给中国学界带来了相对成熟的"新一代"学术综合评述，这之前，中国的心理学还徘徊在弗洛伊德的精神分析学（第一思潮）和华生的行为主义理论（第二思潮）的窠臼之中。弗洛伊德和华生的致命弱点是将心理学研究建立在病态人格（精神病患者、心理病态者）及动物行为的分析之上，对此，马斯洛认为"一个更普遍的心理科学应该建立在对自我实现的人的研究上"。因为"对畸形的、发育不全的、不成熟的和不健康的人进行研究，就只能产生畸形的心理学和哲学"，同样，"人并不是更大一些的白鼠、猴子和鸽子，既然动物有其独特的天性，人类更具备动物不曾有的特性"，所以，仅仅研究精神病患者、动物行为是不够的，应该聚焦于"大写的人"。马斯洛第一次把"自我实现的人"和"人类潜力"的概念引入心理学，从而坚定了人类精神健康和发展的信念，也坚定了人类互爱的信心。强调人类至爱是马斯洛心理学的显著特征，它暗合了当时人们急需摧毁、反思既往的精神桎梏，重振"自我实现"的内心信念，呼唤人道主义情怀等要求。因此，在我看来，《第三思潮》的热销绝不是偶然的，它不是市场营销的胜利，而是社会顺应的胜利，真正伟大的营销不是市场推助的技巧运用，而是对社会思潮脉搏的把握与适应，科特勒称之为"社会营销"，它的威力远在"市场营销"之上。

　　另一本在思想界引发轩然大波的是里夫金和霍华德合著的《熵：一种新的世界观》，首印也是 15 万册。这是罗马俱乐部 1972 年发表《增长的极限》以来最具有震撼意义的人类未来"警示报告"，它涉及的领域比《增长的极限》更广。作者将熵定律（热力学第二定律：能量只能不可逆转地沿着一个方向转化，物理意义上的熵就是不能再转化为做功的能量的总和）运用到哲学、心理学、经济学、政治学、社会学以及西方文化的各个领域，揭示了牛顿—笛卡尔科学观的困境，质疑了不断增长的资本主义经济前景，勾勒出历史将不可逆转地步入倒退、衰亡的悲观图景。我们未必认同作者的悲观预测，但是，一种以人类命运为归结，在自然科学、社会科学、人文学科之间纵横捭阖、融会贯通的学术灵性、境界和大历史观让我们眼界大开，心头为之震撼。这本书成为后来生态哲学、环境保护、可持续发展理论形成与发展的思想奠基，启蒙意义尤其巨大。

　　与《熵：一种新的世界观》相呼应的是普利高津与斯唐热合著的《从混沌到有序》，作者运用耗散结构理论等非平衡系统自组织理论的新学说，讨论了自然界的可逆性与不可逆性、决定性与随机性、简单性与复杂性、进化与退化、稳定与不稳定、有序与无序等一系列重要范畴，对热力学第二定律的内容、意义做了新的诠释，认为自然科学的结论应该"安置"在一定的社会文化语境之中，努力打通动力学与热力学、物理学与生物学、自然科学与人文学科、西方文化与中国文化的壁垒，在一个更高的精神平台上建立人与自然新的联盟，形成一种新的科学观和自然观。该书对于里夫金和霍华德的"剑走偏锋"是一个温和的修正，拓展了"正反合"的辩证思维空间。

出于对政治体制改革的关切，政治学名著是这套丛书设计的重要选项，第一批选题中就有美国政治学会会长、哈佛大学国际事务中心主任塞缪尔·亨廷顿教授的《变动社会的政治秩序》。这个亨廷顿就是那位 90 年代初以"文明的冲突"定义"后冷战时代"世界格局的国际政治学大师，不过当时他的影响还仅仅局限于象牙之塔，而奠定他学术地位的力作就是这部《变动社会的政治秩序》。这本写于 20 世纪 60 年代的著作，不是从某种纯粹的理论模型出发分析发展中国家的政治格局，而是通过深入细致的考察，对这些国家的政治传统、现实困境、未来走势做出有说服力的论辩。结论与理论模型是共同的、具有普遍意义的，案例却是独特的、鲜活的。所谓"变动时代"指"二战"之后世界政治版图（大批殖民地国家独立）的变迁，所谓政治秩序则包含理想与现实两端，以及两者之间的摆渡，这个过程就是政治的现代化进程。亨廷顿根据他的观察，归纳出三个特征：一是威权的合理性（维系独立、统一与发展的前提），二是新的政治功能的区分化（生长新的政治品貌的前提），三是参政扩大化（政治民主与分享的过程）。但是，亨廷顿不是一个在客厅里高谈阔论的学者，他为这条"政治现代化"进程预设了许多选择，譬如改革者的两大策略，一种是闪电策略（将自己的计划和盘托出），另一种是费边策略（隐瞒自己的全部目标，把改革项目分解，一个时间段里主打一个）。他在这部著作里坚持认为现代化是经济、社会、政治、文化的齐头并进，担负现代化布局使命的政治学不应该局限于对行政体制等政治组织、机构的分析、比较上，而要从经济、社会、心理、文化等更为广阔的视野来运筹帷幄，寻找现代化发展的适宜方向，同时也为现代政治学的进步找到适宜的向度。这些"练达"、"通透"的见解对于中国的改革与发展具有借鉴作用。"他山之石"，能否攻玉？前提是丈量好自家的土地，然后进行比较、参照。

不同于亨廷顿思想家、战略家式的大建构，阿尔蒙德的力作《比较政治学：体系、过程与政策》以及达尔的名作《现代政治分析》，则是有着"绣花针功夫"的比较政治学与行为主义政治学的经典著作，分别为政治学研究提供了新的分析框架。不过，这两位都是文化驱动论者，他们认为，任何政治远景和制度优化都离不开文化传统的牵制，因此，没有历史包袱的国家与地区常常是政治变革的先进"典型"。这三部著作是中国改革开放以后，最早引进的西方当代政治学的名著。当时我们还不得不在这三部著作的版权页上打上"内部发行"的字样。不过即便如此，首印也高达 6 万册，而且一再加印，可见影响力之大。

随着经济体制改革不断推进，中国对西方经济学引进的需求不断增长，由此，选择的"艰辛"更加突出。学界眼前为之一亮的是选本的当下性，这套出版于 80 年代中期的丛书中收入了《理性预期：80 年代的宏观经济学》，不能不说是一杯"鲜榨"的学术果汁。理性预期学派是在美国通货膨胀不断加剧，凯恩斯主义被认为失灵，而货币主义又被认为提不出应付通货膨胀的有效处方时出现的。理性预期理论认为政府干预不但是无效的，而且是有害的，是一种彻底的经济自由主义。我们之所以要介绍这一流派，是因为根据理性预期理论，整个经济学最终的基础应该是信息论。人们通过占有大量的信息作出预期，制定决策，并用以指导整个经济活动。不能不承认，如果把宏观经济学的基础放在信息论上，那么整个西方经济学将会改观，甚至是发生革命。后来经济学的发展充分说明了这一点。

另一本罗伯茨的《供应学派革命》，也是对经济学前沿和美国宏观经济管理与运行最新动态的反映。20世纪80年代中叶，好莱坞演员出身的美国总统里根不仅改变了世界的冷战版图，还给美国经济带来了"意外"的活力与繁荣。而他的经济智囊团里，起用了一批非主流的供应学派经济学家，他们的主张成为里根"经济复苏计划"的主要理论依据，这让许多学者百思不解。如何认识、评判这样一个缺乏完整性的理论体系、尚处在成长之中的"异端"学派，不仅是学术好奇，更具有中国式的现实改革中"消化吸收"的价值。于是，我们在最快的时间里出版了《供应学派革命》，厘清了这一学派与凯恩斯学派、萨伊定律的分歧与共识，分析了它适应当代资本主义经济从需求不足到供应不足的深刻变化。

20世纪70年代以来，西方非均衡理论发展很快，已经成为西方经济学领域中不可等闲视之的理论分支，更加重要的是它被广泛地运用到社会主义经济运行的研究之中，匈牙利著名经济学家科尔奈在这方面就作出了杰出的贡献。有鉴于此，我们组织翻译了《市场非均衡经济学》和《开放经济中的非均衡宏观经济学》两本重要的著作。

总之，20 本书的选定就有 20 个不平凡的故事，20 段思想与学术探索的经历。这些故事既有宏大愿景，也有世俗关怀；有深思熟虑，也有意外触发；有个人的青春冲动，也有时代的集体觉悟；有启蒙夙愿，也有学术寄托，由此，编织成为一个美丽的精神花环，留驻在了中国改革开放之初的思想史长河里，如今回味起来，依然有几分怦然，几分激越。

编辑出版西方当代学术思潮著作的一个难点在于，如何把握好借鉴和吸收的"度"。毋庸讳言，西方学者在社会环境、指导哲学、价值观念、研究方法等方面与我们有着很大的差异，我们既不能把"孩子"同"脏水"一起摒弃，也不该把"孩子"同"脏水"一起保留，这是我们对待一切外来东西所应该持有的立场。我们出版这套丛书的本身就已经表明了我们不愿把"孩子"同"脏水"一起摒弃的立场；而在对待把"孩子"同"脏水"不要一起保留上，我们的主张是不要随意地删节原文，而应在"评价"上下工夫来解决"脏水"问题。为此，对每一本书，我们都要求译者撰写"译者的话"，除了介绍每一本书的基本内容和学术贡献外，译者还要按照马克思主义的观点认真地评说本书的价值和问题。这套丛书的前 20 种，在我极其苛刻的要求下，每位译者都写了长篇的评价文章列于卷首。今天回过头重读这些"译者的话"，仍然可以给我们很多的启示，特别是其中闪烁着解放思想、实事求是的光芒。

值得一说的是，这套丛书还培养了一批优秀的翻译家和学者。20 世纪 80 年代初期，翻译学术著作还是件非常神圣的工作，出版社在选择译者时是挑了又挑，试了又试，丝毫不肯有半点的放松，以至许多译著没有三五年的时间出版不了。而我们这套丛书大胆地突破了禁区，在高校的青年学者中物色了一批新的译者，他们有着良好的学术背景和一定的外语能力，经过一段时间试译，很快就掌握了基本的翻译技巧，译出了高质量的本子，在很短的时间内分两批集中推出了 20 种图书。这套丛书的不少译者因为译书的缘故，与原作者建立了联系，后来到国外进行深造，并取得了较高的学术成就。譬如，复旦大学经济学院院长袁志刚在翻译法国经济学家让-帕斯卡尔·贝纳西的名著《市场非均衡经济学》时，还是复旦大学经济系的硕士研究生，因为翻译此书与贝纳西建立了联系，后去巴黎高师师从贝纳西攻读博士学位，学成回国后成为了有影响的经济学家。当然，这套丛书也催熟了当年的我，使我有机会在一个较高的层面和较大的空间内组织各种出版资源，从而在我早年的出版生涯上写下了重重的一笔。真应该感谢 20 世纪 80 年代那个"思想解放"、"沧海横流"的时代。

1989 年 5 月，丛书的前 20 种出齐后，我们在北京京西宾馆当年召开党的十一届三中全会的会场举行了隆重的大型出版座谈会，几乎所有的北京知名学者都赶来了，大家对这套丛书给予了极高的评价，希望我们继续出好此套丛书。出乎意料的是，1989 年春夏之交的那场政治风波发生以后，由于各种各样的原因，我们编委会的成员有的受到了挫折，有的远赴海外留学，而我又去了香港工作，以至编委会的工作不得不中断了。经与上海译文出版社商量，我们将这套丛书的选题策划工作交给了出版社。20 多年来，这套丛书的宗旨不变，始终站在介绍当代世界学术思潮的最前沿，组织翻译了一些很有价值的代表性著作，至今已出版了 50 多种图书，成为上海世纪出版集团的一个非常重要的品牌。

中国经济学曾经有过一个"三联学派"

原载《文汇报》，2008 年 9 月 14 日；《编辑学刊》，2008 年第 6 期

我于 1987 年至 1993 年间先后在上海三联书店和香港三联书店工作，分别担任过这两家出版机构的副总编辑和总编辑。我一直认为，自己对编辑工作的认识是在三联书店工作期间逐步成熟起来的。在这六年的时间里，我曾先后策划了十多套丛书、三四百种选题，亲自担任过近百种图书的责任编辑，这些图书获得过许许多多各种各样的奖励和荣誉，但是，对我来讲，最难以忘怀的是策划和主编"当代经济学系列丛书"。

　　1991 年初，国务院发展研究中心研究员、著名经济学家吴敬琏同志从北京打电话给我，说要与《经济社会体制比较》杂志的副主编荣敬本同志一起到上海三联书店来了解出版工作的有关情况。缘由是当时"当代经济学系列丛书"已经出版了 50 多种，在经济学界有了相当的影响，其中不少图书先后获得了中国经济学界的最高奖励——孙冶方经济科学著作奖。这套丛书系统引进了现代经济学的理论和方法，聚焦了一批"中国问题"，创生了一些"中国路径"和"中国案例"，尤其是团结了一群有学术抱负和使命的青年学人，使他们脱颖而出，凸显出经济学的世代交替特征。大概吴敬琏同志是因为这套书的影响才关注我的。谈话间，吴敬琏同志告诉我，有学者在一些学术场合提出了中国经济学的"三联学派"的概念，他想听听我对此的看法。在我看来，"当代经济学系列丛书"是中国20世纪八九十年代出版得最成功的一套经济学丛书，它的最大价值在于，改变了中国经济学家长期以来的纯思辨的研究方法，开始尝试用实证的、计量的方法来分析现实中的重大问题。在这方面它取得了巨大的突破，以至吸引了许多青年学人的目光，我记得，当年我每年收到的青年学人向这套丛书的投稿有近百部之多；我还记得在许许多多场合，多少经济学人向我讲述他们是读着这套书成长起来的。但是，如果要说就此形成了一个学派则有些言过其实，因为它并不具备学派形成的一些基本条件和要素。我们已经身处一个传媒的时代，也是一个廉价制造概念的时代，我们不应该为某一个概念的横空出世而飘飘然；但是，循着这一特殊的"三联学派"现象去探究"一套学术著作与一代学者的成长，与一门学科的嬗变，与一个时代的崛起"的绳墨关系可能是有意义的。

被誉为"天才捕手"的美国著名出版家帕金斯曾经发现和支持了海明威、菲兹杰拉德、伍尔芙等众多文学天才，他有一句名言"出版家的首义是为天才或才华服务"。"三联学派"当然不是严格意义上的学术流派，但是它的背后却是一段值得纪念的学术发育史，记录了一段特定历史时期里中国经济学界风云际会的壮丽画卷。它蕴涵的不仅只是中国当代经济学"转身"的学术气象，而且还可能是思想史意义上的精神"提撕"事件。

我们知道，大凡学派大都是以国家、城市或著名学府作为思想与观点的积聚点和吸附平台，如经济学历史上著名的奥地利学派、洛桑学派、剑桥学派、芝加哥学派等。在中国改革开放这个特殊的伟大的嬗变时期，文化与学术建设的内驱力与学术语境都在发生着结构性的变迁，教条主义学风的内驱力在弱化，理性与知性的内驱力、自由选择与震荡的内驱力、学术求真与精神创造的内驱力等在不断强化，历史呼唤着学术的创新，呼唤着新的学术流派的诞生。随着中国改革开放向纵深发展，中国的经济生活发生了巨大的变化，需要中国经济学和中国经济学家对此作出新的解释。这是历史赋予的重大机遇。但是，传统的经济学由于其自身的局限性，显然不能承担起这一历史重任，而新一代的学人正在成长过程中，需要冲破思想藩篱和等级桎梏，需要超越某一地区和大学的局限。历史于是给了中国的出版机构这样一个机会，成为新思想、新学术理想的组织平台。上海三联书店抓住这一稍纵即逝的机缘，推出了"当代经济学系列丛书"，至今已出版了近 200 种图书，促成了中国经济学从传统向现代的转轨，造就了一批一流的经济学家，形成了非严格意义上的"三联学派"。

有些历史的"觉悟"是需要放在历史的"磨坊"里来淘洗的。为了继续出版好"当代经济学系列丛书"，2006 年夏天，在这套丛书策划 20 周年之际，我们在上海举行了由丛书作者参加的大型出版座谈会。林毅夫、张维迎、樊纲、盛洪、史正富、陈琦伟、史晋川、洪银兴、贝多广、王新奎、周振华、蔡昉、袁志刚……这些当年默默无闻的莘莘学子如今全是赫赫有名的大牌经济学家、政府高官或商界巨子，但是，他们依然珍藏着那个特定时期积淀的款款温情和精神纯粹，应诺点卯，从中国，乃至世界各个城市，各种声名显赫的会议、金装银饰的活动中抽身出来，来到上海，简食朴卧，脸上却充溢着当年的豪情和睿智，大家激情地回顾 30 年来中国经济崛起背景下中国经济学的"中兴"之旅，热议着当下社会经济生活中的激越与徘徊，笃诚与荒谬。话题自然要聚集到寄寓了早年青春热血与梦想的"当代经济学系列丛书"上来。

会上会下，南京大学党委书记、著名经济学家洪银兴深情地回忆了我与他在苏南一家乡镇印刷厂简陋的招待所校订清样时的时光，昏暗的灯光、床褥里的臭虫与尽情的自由讨论，逐段的细密切磋，顷刻间的豁然开悟相伴……如此的难忘经历一定会写进学人的精神发育史，成为承载我们学术友谊的记忆之舟。央行货币政策委员会委员、著名经济学家樊纲忆及 80 年代后期他的博士论文《现代三大经济理论体系的比较与综合》在一家著名出版机构"雪藏"多年，心急无策，出于无奈，在刚刚于"当代经济学系列丛书"出版《公有制宏观经济理论大纲》后，又希望丛书出版他这部博士论文的经过。樊纲的这两部著作是他学术生涯中重要的"白鹤亮翅"，而且至今在中国经济学界还具有重要的影响，是引用率较高的学术文献。上海交通大学教授、著名经济学家、企业家陈琦伟则讲述了其第一部著作《国际竞争论》，在我们的帮助下，由两篇论文发展为一部专著，并获得孙冶方经济科学著作奖的故事。复旦大学经济学院院长、著名经济学家袁志刚教授也谈起 1986 年在复旦大学读研究生期间，在我们的帮助下翻译出版法国经济学大师贝纳西的代表作——《宏观经济学：非瓦尔拉斯分析方法导论》，后因此到法国巴黎高师师从贝纳西攻读博士学位，最终在"当代经济学系列丛书"出版其博士论文的成长道路，感激之情，溢于言表。20 年来，在许多记者笔下，这套丛书被喻为青年经济学家的"孵化器"，或经济学新生代崛起的"助推火箭"。

如前所述，20 世纪 80 年代对中国经济和中国经济学而言，是一个发生巨大变化的年代。随着改革和开放的深化，中国经济开始不断地出现新的情况和问题，需要经济学进行实证的分析，并给出解决问题的方案。然而传统的政治经济学侧重的是进行单纯的规范性研究，它不告诉人们现实经济是如何运行的，只告诉人们作者希望现实经济如何运行。在不断变化的中国经济面前，传统的政治经济学显得极其苍白无力。正是在这样的背景下，一大批青年经济学人开始从现代经济学的理论和方法中寻找借鉴之物，试图对中国国民经济的运行进行实证的研究。由此，新古典经济学、交易费用经济学、新制度经济学以及短缺经济学等理论被引进中国，中国的青年经济学人运用这些理论和方法对中国经济进行实证分析，并逐步地显示了他们广阔的视野、深刻的思考能力和对现实问题的直面。我们可以看到，举凡中国经济改革开放和发展的重大问题，如宏观经济运行、微观经济运行、经济增长、通货膨胀、价格机制、收入分配、资金流动、国际收支、汇率机制、金融体系、货币政策、企业改革、财政体制、对外贸易、农村改革、劳动力流动、产业结构、区域经济等等，在"当代经济学系列丛书"中，都有分量颇重的专著予以研究和分析，而且其中大多数都是中国第一部研究此问题的著作。这些图书一出版就产生了较大的反响，在学术期刊和大众媒体上不时有书评发表和通讯报道。

这套丛书的影响反映在整个 80 年代、90 年代，和"青年学者丛书"中的经济学板块一起，很大程度上代表了中国经济学的发展水平，体现了中国经济学的发展阶段。我认为，从 80 年代初到 20 世纪末，中国经济学经历了明显的四个阶段。第一阶段，中国学者尝试用现代经济学的方法和原理来探索中国的专门问题，如陈琦伟的《国际竞争论》算是这一阶段的代表作；第二阶段，以符钢战、史正富、金重仁的《社会主义宏观经济分析》和潘振民、罗首初的《社会主义微观经济均衡论》为代表，标志着中国学者逐步把现代经济学的基本框架、概念、方法比较多地"拿"过来了。特别是潘振民、罗首初他们那本书，已经比较系统、成熟地运用微观经济学的方法，来分析企业运行问题，取得了较大的成功。第三阶段，到了樊纲等的《公有制宏观经济理论大纲》出版，说明中国经济学家在大的宏观层次的各个方面都达到了比较娴熟地运用现代经济学方法的水准。

应该讲，前三个阶段的研究成果都是在新古典经济学的范围之内，理论创新的意义还不大。90 年代以后中国经济学的发展进入了第四阶段：其突出特征是运用新制度经济学的方法来研究中国经济问题，并形成了"中国的过渡经济学"这一重大理论成果。中国进行的经济改革，为运用制度经济学方法研究中国问题的学者提供了一个极好的舞台。"当代经济学系列丛书"这方面的成果颇丰，有盛洪的《分工与交易》、林毅夫的《制度、技术与中国农业发展》、刘世锦的《经济体制效率分析导论》、张军的《"双轨制"经济学：中国的经济改革（1984—1992）》等。记得在1991年我们召开的一次学术研讨会上，一些经济学家指出，改革开放以来中国的制度变迁实在太大，如果这种变迁和由其带来的增长与发展能持续下去，如果经济学家深入其中，在准确把握这些变化的基础上，进行各种规范与实证的分析，提炼出具有一般意义的经济学成果，那么中国经济学家就完全有可能在世界经济学界取得自己的地位。由此，我们与经济学家一起提出了"中国的过渡经济学"的概念。"当代经济学系列丛书"特别鼓励经济学家在这方面进行努力，希望他们能够突破当时所处的较为一般的研究层次而有纵深拓展（包括进行大量的个案研究）。过渡经济学是中国经济研究的一个难得机遇，它的成熟将使中国的改革经验有可能在理论形态上得到全世界的重视。为了推进"中国的过渡经济学"的建设，我们从1990年开始到1994年，连续五年，每年召开一次学术研讨会，推动这方面的研究和交流。青年经济学家从全国各地聚集到上海，争论着中国过渡经济的各种问题。1993 年后，留美经济学家易纲、海闻、汪丁丁等知悉这一学术讨论会后，也从海外赶来参加。时任中国社会科学院副院长刘吉同志每年也来参加此会，他曾经深情地对我说，中国经济学的未来和希望就在这里。1994 年我们推出了由盛洪主编的《中国的过渡经济学》一书，其中收录了 11 篇有代表性的文章。我想中国的过渡经济学的提出及其代表性著作的出版，标志着中国经济学完成了从传统向现代的转型，开始成熟起来。而"当代经济学系列丛书"中的"当代经济学文库"通过其所出版的近百种图书真实地记录了这一重要的学术发展进程。从这个意义上，我们也可以说，中国经济学曾经有过一个"三联学派"。

"当代经济学系列丛书"除了"当代经济学文库"外还有另外三个系列。其中"当代经济学译库"和"当代经济学教学参考书系"也曾在中国经济学的建设上发挥过重要的作用。例如，"当代经济学译库"，自上个世纪 80 年代起，持续不断地引进现代经济学各个学派的代表性著作，有筚路蓝缕之功。其引进的著作既着眼于现代经济学领域经典的研究文献，更注重经济学前沿问题的研究向度。如科斯的《论生产的制度结构》、施蒂格勒的《产业组织》、奥尔森的《集体行动的逻辑》、索洛的《经济增长理论：一种解说》、贝克尔的《人类行为的经济分析》、巴泽尔的《产权的经济分析》、马科维兹的《资产组合选择与资本市场的均值——方差分析》、诺斯的《经济史中的结构与变迁》，以及汇集了科斯、威廉姆森、阿尔钦等经济学大师经典论文的《财产权利与制度变迁：产权学派与新制度学派译文集》、《企业制度与市场组织——交易费用经济学文选》等书。有一段时间是，我们翻译出版哪位经济学家的著作，哪位就获得诺贝尔经济学奖。这五六十种现代经济学的经典著作，尤其是新制度学派的著作对中国经济学的发展起到了极其重要的作用。"当代经济学教学参考书系"，则出版国内外高等院校的经典教材，共计30种。如范里安的《微观经济学：现代观点》、萨克斯的《全球视角的宏观经济学》、梅耶的《货币、银行与经济》、张维迎的《博弈论与信息经济学》、考特的《法和经济学》、韦登鲍姆的《全球市场中的企业与政府》、德瓦特里庞的《合同理论》等等，为国内经济学研究和教学的现代化、标准化提供了不可多得的范本，对于帮助我们的经济学研究和教学从概念、术语、范畴、方法等方面融入现代经济学主流范式，起到了重要的作用。

这三个子系列，犹如一个学术"金三角"，构成一个越滚越大的思想大"雪球"，其目标意旨是当代中国经济学的国际化、本土化、标准化和现代化，学术轨道是展示新古典经济学到新制度经济学的逻辑演进，当这个理论意旨与中国转型期特有的问题导向、方法更新意识捏合在一起时，就展现出别样的风景。

"当代经济学系列丛书"还有一个"当代经济学新知文丛"的系列，意在向大众普及现代经济学的知识，90年代出版了樊纲、张军、张春霖等人的几种著作后，因组稿困难等原因而中断了，未能在普及方面作出应有的贡献。

"当代经济学系列丛书"抓住了历史的机遇，它应该算是成功的。90年代，国内媒体的评价是，它是中国现代经济学术史上的一座里程碑，它培养了一代经济学人。国际经济学界也给了这套丛书较高的评价。1991年，日本大阪市立大学经济系教授、著名经济学家盐泽由典（后任日本演化经济学会会长）在日本主流经济学刊物上撰写了长篇评论，称它"不仅在内容上具有划时代的意义，在引起理论讨论的广泛性上也是划时代的"。他还认为，这套丛书反映出中国经济学的水准已经超过了日本马克思主义经济学的研究水准。

这套丛书的出版还得到了一些德高望重的老同志的支持。1986年，在汪道涵同志的关心下，上海恢复了三联书店。他指示上海三联书店要抓住上海作为全国经济中心城市的特点，以出版经济管理类读物为核心，办出自己的特色，与北京三联、香港三联形成映照。正是出于上海三联书店出版定位的要求，组织上派我到上海三联书店先后担任副总编辑、总编辑。我们在上海三联书店落实道涵同志的指示，组织出版了"当代经济学系列丛书"。道涵同志对这套丛书非常关心，经常听取我们对这套丛书出版情况的汇报，并时时向我们推荐重要的选题。丛书的作者遍布全国各地，他们出于对道涵同志的仰慕，到了上海，总是向我提出，想拜会道涵同志，汇报自己的研究工作及最新的研究成果，谈谈自己对经济形势的看法与想法。道涵同志虽然很忙，但我向他告知有年轻的经济学人求见时，他总是尽量抽出时间来接待他们，带着他那"招牌式"的微笑，与这些学术新锐们做倾心的长谈。如今，道涵同志驾鹤西行，但在这些经济学人的聚会场合，大家还深情地忆及他。

新知书店的创始人之一、著名经济学家徐雪寒同志也对这套丛书的出版给予了鼓励。1991年初，我去北京时到徐老家拜访，向他汇报了这套丛书的出版情况和社会反响。徐老听后对这套丛书给了很高的评价，要求我们研究改革发展中的重大问题。他还向我介绍了当年新知书店宣传和普及马克思主义经济学、研究中国经济社会发展问题所进行的努力。其实"当代经济学系列丛书"所作的工作正是包括新知书店在内的三联书店传统的继续。

1993 年底，由于工作的需要，我离开了香港三联书店，调任上海人民出版社社长兼总编辑。"当代经济学系列丛书"也改由上海三联书店和上海人民出版社联合出版。1999 年初上海世纪出版集团成立后，我们对部分内容资源又作了一次调整，将"当代经济学系列丛书"交由新成立的格致出版社与上海人民出版社、上海三联书店共同出版。目前这套丛书正围绕着中国这 30 年的改革开放历程进行经济学的探索，以期进一步揭示出中国经济发展的理论逻辑和内在规律，为全世界所有处于发展和改革过程中的国家提供理论借鉴，以完成我们这个伟大时代所赋予的机遇和责任。

感受香港的文化季风

原载《读书》，2012 年第 10 期

香港是一个季风吹拂的城市，每当夏秋时节，总会有风暴掠过，遇到台风过境，大家都要观风球，辨风势，安排行程。当然，风源都不是发端于这座城市，而是从海洋上生成后一路吹来。文化的情势大抵也是如此，无论西方文化，还是东方文化，都从外面吹来，不是西（欧美）风就是东（华文）风，出版业也未能免俗。声名显赫的三联书店，80 年代初期在香港则大抵是一个图书发行机构，主要代理发行大陆的出版物，一个规模不大的编辑部主要刊行一些中文繁体字版的大陆图书，偶尔也策划几套适合白领阅读的励志与生活休闲的普及读物，或出版一些海外华文文学作品，发行量都不大，常常只有二三千册，毕竟这里的华文图书市场太狭小，而且精英文化与大众文化存在着断裂，精英阶层大多直接购买、阅读西文原版图书，在精神汲取上完全对接于欧美文化圈，而华文大众图书市场则大体是娱乐化、实用性的另一番风景。那时的香港出版业很少有反映自身文化成果特别是社会科学研究成果的图书出版。我是在这样的背景下带着一副"陌生"而"热切"的眼光来到香港的。

这还得从我被选派去香港三联书店任职说起。1989年初，香港联合出版集团董事长李祖泽先生注意到我在学林出版社、上海译文出版社和上海三联书店策划、编辑了一些有影响的社会科学图书，如"青年学者丛书"、"当代学术思潮译丛"、"当代经济学系列丛书"等，于是向上海市新闻出版局提出调我去香港工作，最初给我确定的工作平台是执掌香港中华书局，后来因为1989年政治风波被延宕下来。1991年初重新启动此事，4月港澳工委组织部正式向上海市委组织部商调我去香港工作，5月初抵港，但由于人事调配的变化，香港中华书局一时去不成了，改任香港三联书店副总编辑，半年后任总编辑。当时我未满40岁，时逢盛年，只身赴港，余暇甚多，为熟悉香港的社会经济、风土人情，头半年下班后我常去找旅港的海外及大陆学人聊天。当年，著名学者汪丁丁也在香港大学教书，我们常在一起"狂聊"、"激辩"，更多的是享受着香港"煲电话"的乐趣。对香港社会认真观察的结果是，一个颇为激越的抱负油然而生：我想改变香港出版业少有中文社会科学出版的现状，在香港制造本土的文化"风源"，发现一些具有香港精神特质的思想与学术话题，以图书的形式造就传播上的"广场效应"，而不仅仅只是"橱窗效应"。

抵港后，我出手策划的第一套丛书是"走向 1997 的香港经济丛书"，原因大概与我自己的研究领域，以及在上海主要策划、编辑的领域是经济学有关，另一个重要的触发因素是逐渐凸显的香港社会经济的过渡期特征。进入 80 年代末，香港经济的某些重要指标已达到发达经济的水平。例如，1991 年香港人均本地生产总值已高达 14000 美元，这一指标在亚洲仅次于日本，超过了欧洲某些发达国家。又如，香港服务业的产值早在 1987 年就已达到本地生产总值的 65%，超过了当时发达国家的平均数。这表明香港进入了战后第五个发展阶段〔前四个阶段是：（1）战后复元和转口贸易恢复阶段，（2）工业化阶段，（3）经济起飞阶段，（4）现代化、多元化阶段〕，即由新兴工业化经济开始向成熟的发达经济过渡的阶段，香港经济已经站在了"发达经济"的门槛上了。经济理论和实践都证实，一个国家或地区的经济结构和发展水平在向更高层次转变或过渡的时候，不可避免地会产生和遇到一系列的问题。香港当然也不例外。香港经济在进入第五个阶段后，已经暴露出越来越多的问题，其中主要的问题有高通胀、高楼价、社会福利，以及金融体系的现代化、国际化、多元化与加强监管等。所不同的是，香港的经济转型或过渡发生在一个特殊的历史时期，即由英国管制向中华人民共和国特别行政区过渡的后半期，不得不受到某些因素的影响，这使得已经暴露的经济问题变得更加复杂。对此，在人们惊叹香港的经济成就、企望洞悉其成功奥秘的同时，越来越多的香港人正在用不同的方式、不同的语言，在不同的场合表达他们对这些经济问题不同程度的困惑和担忧。而且，他们更加关心，在走向 1997 的征途中，香港的经济乃至全社会还将发生怎样的变化，还会遇到哪些困难和挑战，应该采取什么样的对策……正是在这样的历史背景下，我策划了这套丛书，希望提供一个园地，来发表各种严肃而认真的探讨过渡期香港经济问题的成果，为香港的长期稳定和繁荣服务。

我带着自己对香港政治、经济大势的理解和把握，怀揣着一份详尽的丛书策划报告，开始走访香港的经济学重镇——香港大学、香港中文大学、香港浸会学院、香港城市理工学院，以及刚刚创建不久的香港科技大学，我虽然因为工作关系以前曾去过香港，但毕竟与当地的学界仍有距离，仅同大陆赴欧美留学然后转港任教的学者相熟，且香港的大学遵照英国的学制，一个系所只有一位教授，位尊而气盛，加之生活中常常习用粤语，这对于我这样一位初来乍到的人而言，沟通与组稿都十分地不便。不过，我坚信，对于香港过渡期经济转型的话题不仅有学理价值，也有现实意义，于是，我一家一家去登门叩访，一位一位去讲解丛书的策划立意。功夫不负有心人，这套丛书终于获得香港经济学家的认同。香港社会科学研究会主席，浸会学院经济学教授、经济系主任邓树雄博士第一个允诺参加丛书写作，他早年毕业于香港中文大学，后负笈加拿大，主攻财政理论，对香港公共财政有很深的研究，于是承担《后过渡期香港公共财政》一册的著述，随后，香港中文大学的经济学教授莫凯等也欣然接受我的稿约。我的一些朋友也向我伸出了支持的友谊之手。著名经济学家林毅夫教授 1991 年出访美国路过香港时向我介绍了他美国芝加哥大学的校友、香港大学经济系教授王于渐博士；周八骏博士向我推荐了国际著名货币金融学家、香港大学社会科学院院长饶余庆教授，饶教授《走向未来的香港金融》一书对香港后过渡期在亚太区所扮演的角色和如何维持国际金融中心的地位等重大问题作了深入的剖析，引起了香港各界的关注。这套丛书试图对香港过渡期尤其是后过渡期的经济问题，包括货币金融、财政、资本、产业结构、经济管理、通货膨胀、国际贸易、资源、内地与香港的经济联系等十个方面的演变，从可能遭遇的困难、内部条件与外部环境，发展的若干可能性，以及应该采取及可供选择的对策，来展开理论的探索和实证的分析。多少年后，已是香港大学副校长的王于渐教授碰到我时还说及这套丛书对香港后过渡期的影响，并为其未能完成所承担的选题而沮丧。

我赴香港工作之时，遭逢了"末代港督"彭定康的民主"新政"。它在国际上引起普遍关注，对香港的政治生态也引发巨大震动，还引起中英政府关于香港过渡期稳定的诸多争议和论辩。自从150年前，清政府在屈辱中被迫割让香港、租借新界以来，港英当局一直奉行殖民管制，香港民众，尤其是华人基本上没有什么民主权利可言；然而，就在中英政府关于香港回归中国的联合声明发布之后几年内，英国政府又玩弄起在所有殖民统治地区撤退时惯用的花招，打出所谓的"民主政治"牌。彭定康就是在这样的背景下，带着这样的任务来香港的。他来港的三个多月后就抛出了所谓的"香港政治体制改革方案"，要强行、快速推行包括立法会普选在内的"高度民主"的政体建设，这显然是别有用心。因为民主政治的奉行必须符合两个基本原则，一是渐进式发展原则，一是文化适应性原则，世界上许多"揠苗助长"式的民主建设或者"水土不服"的民主制度输入的教训证明，民主是个好东西，但不能"硬植"，不然，只会给当地的社会发展和政治稳定带来麻烦，甚至动荡。

要认清彭定康"新政"的真实底牌，需要有政治学理论上的应对，既不能背上反对民主政治的黑锅，又要从维护香港过渡期稳定的大局出发，揭露彭定康式民主新政"囫囵吞枣"，硬植、照搬英式民主制度，不利于香港的社会经济发展与长治久安。当然还不能是高头讲章，需要专家以通俗的文字来讲清这些道理。于是，我和时任香港三联书店总经理赵斌先生策划了一套"现代政治透视丛书"，邀请复旦大学国际政治系教授和青年教师分头撰稿。短短的九个月，就推出十种新书，包括公民政治、选举政治、议会政治、政党政治、民主政治、官僚政治、政府政治、司法政治、自治政治、多元政治十个方面，大体覆盖了民主政治体系运转的基本领域。

这套丛书的总序中写道："希望我们这点微薄的努力，能对民主政治的发展做点贡献；能对改善平凡百姓的生活做点贡献。政治学的研究和探索应该有助于促进社会的进步和人类生活的完善。离开这一原则，政治学的研究就没有生命力，就脱离了芸芸众生。建立完善的民主政治，让民主政治更适应人们的生活和社会的发展，是我们内心共同的理想。作为政治学者，所能够做的，就是让人们更清晰地认识到民主政治的光华和民主政治的欠缺，让人们掌握建立民主政治所需要的理论和实践上的知识。"我们策划的这套丛书贴近了香港进入后过渡期的社会心理，既针对了彭定康的所谓"政制改革"，又不直接介入对于彭定康"政制改革"的评议,却对于香港市民认清民主政治的本质和历程、把握过渡期民主政治的心理期待具有十分明显的引导和启蒙意义。我一直认为,对于出版工作而言,具有学科背景的说理介绍远比大批判式的文章更容易为老百姓所接受。"现代政治透视丛书"在香港的成功就说明了这一点,这也是我从事出版工作所坚持的一个原则。

20世纪90年代初,不仅香港处在回归中国的过渡期,整个世界也处在剧烈的政治动荡与过渡期之中,柏林墙的倒塌,苏联的解体,韩国的学生运动,信息技术的发展,"亚洲四小龙"的快速崛起……人们谈论最多的是"全球化"与"蝴蝶效应",世界已经成为一个"小村落",欧美经济"患感冒",香港经济就会"打喷嚏"。然而,在香港,热议的国际话题存在巨大的"一冷一热"的隔阻和断裂,一是报刊(热)与图书(冷)的隔阻,二是精英阶层(热)与普罗大众(冷)的断裂。我和赵斌深感应该打通这些隔阻和断裂,于是,邀请华东师范大学教授冯绍雷组织北京、上海的国际问题专家编写了一套"国际瞭望丛书",共十种,五种以国家立题,如美、俄、德、日、韩,五种以地区立题,如中东、西欧、东欧、中亚、东南亚。我在编辑前言中写道:"要走向世界,必先了解世界,要洞察未来,必先把握今天",并交代了这套丛书的编辑意图

"以走出东西冷战的国际格局转型期为主要背景，重点评述当今世界各主要国家和地区的经济、政治、外交政策走向，以及它们怎样决定这些国家和地区在未来国际格局中的地位和扮演的角色，及其给予国际新格局的影响"。我还特别强调"香港的发展固然主要取决于香港本身的经济成果和条件，但它很大程度上还不得不受到国际格局变动的影响，这套丛书将有助于开放环境中的香港人更好地理解和把握这个变动的世界"。后来，市场对这套丛书的反馈不错，证明香港市民的国际视野和关注是完全可以激发与引导的。

在许多人的印象里，香港是国际金融与航运中心，是购物天堂，而在学术文化上基本是一个"孤岛"，思想的创生能力相对孤寂，在这片土地上，能够孕育出思想者吗？这是一个香港文化定位的问题。香港三联书店如何催生和推动本港思想、学术文化的成长，我掌管编辑业务之后一直在思考，在寻找机会。自然，我不会狭隘地理解香港学术建设，只局限于在当地学者中发现和培植新人、新思想、新学派，而应该放眼四海，以敏锐的目光，开放的胸襟，独到的策划将香港三联书店办成中国新思想的策源地，新学术的首次出版地和发行地。由此，我为香港三联书店策划了一套"思想者文丛"。当时，我充满激情地在文丛的"编辑絮语"中写道——

"这里是真理的摇篮，它属于有思想的人们……"

"在真理的天空里，永远燃烧着火焰，也布满了荆棘，'思想者文丛'愿为每一个思想者提供火把和砍刀。"

"'思想者文丛'是智者勇者的'家园'，这个家园的门前永远写着两个字'怀疑'。"

"'思想者文丛'不是一个制造理论权威的场所，任何权威在这里得到的除了挑战，还是挑战。"

著名学者王元化先生对我的这一想法极为赞赏和支持，欣然从其半个世纪的札记中精选209篇，以《思辨发微》为名列入"思想者文丛"出版。这本书的内容涉及思想、人物、历史、哲学、美学、鉴赏、考据、训诂乃至译文校订等。元化先生心仪鸠摩罗什为求死后舌不焦烂而不作妄语的精神，觉得自己虽然走过弯路，有过犹豫和彷徨，但没有作过违心之论。他在治学上一如既往，企图发掘深层意蕴，从而证明独立思考的重要的威力。这本书涵盖了广袤的知识领域，时有心得卓识，从中可以看到中国学人，纵使历经劫难，处于困难，仍在挣扎、反思、探索。在香港工作期间，我每次回沪都要去元化先生府上拜访，听取先生关于出版和学术的高见。元化先生也时常向我推荐一些好的选题。顾准《从理想主义到经验主义》一书，就是经元化先生推荐列入"思想者文丛"的，元化先生还为此书撰写了序言，给予了极高的评价。

顾准同志是我们党内少有的具有独立思考精神的思想家。他早年参加革命，一生命运多舛，历经磨难，"文革"中被迫害致死。《从理想主义到经验主义》写作于 1973 年和 1974 年，是顾准与其六弟陈敏之的通信集。在那阴霾弥天、万马齐喑、一切学术活动均被窒息的年月，作者身陷囹圄，与其弟却于通信中进行着严肃的学术探讨和思想碰撞，在哲学、历史、经济、政治等极为广泛的领域提出了许多发人深省、启迪良知的问题和论点，对国家民族的命运，中国社会的精神变迁作深入的分析。许多问题一经作者提出，你就再也无法摆脱掉。它促使你去思考、促使你去反省并检验由于习惯惰性一直扎根在你头脑深处的既定看法。在作者冷峻的解剖刀后面，可以感到炙人的满腔热情，而这一切记录着他"一步一步从地狱中蹚过来"的足迹。为了编辑好这本书，我对书稿先后读了五遍，认真地领会作者的思想真谛，经过反复的斟酌，对部分文章作了少量删节，还撤下了两篇涉及议会政治和多党制的文章——《直接民主与"议会清谈馆"》、《民主与"终极目的"》。该书出版后在香港学界引起很大的反响，香港中文大学《21 世纪》杂志还发专文对此书作了讨论。顾准遗稿在香港出版的消息传到内地后也引起了学界的关注，著名经济学家吴敬琏教授不断地向人们推荐此书。90年代中期以后，顾准的思想逐渐为人们所了解，贵州人民出版社等先后出版了《顾准文集》和《顾准日记》。但我可能是第一位接触到顾准遗稿并使之出版的编辑。

"思想者文丛"后来还收入了复旦大学教授姜义华的《百年蹒跚——小农中国的现代觉醒》和华东师范大学教授许纪霖的《精神的炼狱——文化变迁中的中国知识分子》两书。这是两种重新解读中国近现代史极富启发和思考的重要著述。

在香港工作期间，我还编辑出版了一些社会科学方面的学术著作，其中特别值得一说的是华东师范大学宋耀良教授的《中国史前神格人面岩画》一书。中国文化神秘悠远，天然自成，数千年来波涌浪叠，汪洋恣肆。这一东方文化的源头何在？作者以宏大的学术气度，坚韧的治学精神，遍历祖国崇山峻岭，实地寻觅考察远古岩画，行程四万余公里，终于发现中国史前人面岩画三大发布带。此书以实证的方式，概述了这一重大发现，并论述了人面岩画的符式特征、制作技法、分布区域以及传播演变过程；还结合史前彩陶、甲骨文金文、商周青铜器纹饰、上古神话、傩戏面具等方面作缜密求证，揭示出中国史前人面岩画为中国文化的源头之一；中国传统文化哲学中的"天人合一"、"祖先崇拜"观念都在人面岩画中见出其萌发形成的过程。此书还配以500余幅图片，形象、生动、真实地再现了史前人面岩画，在从东海之滨到西北沙漠，从北部草原到闽南丛林，这长达 4000 公里地域中的实存状况。这些照片大都是作者在艰辛考察中实地拍摄而得，绝大部分属第一次发表。我们在装帧设计上又作了黑白两色特殊的处理，来凸显其艺术张力。此书做到了慎终追远，意味幽深，独辟蹊径，自成一家，出版后即受到了国际著名学者、哈佛大学教授张光直的重视，后来作者也因此前往哈佛大学做访问学者。作者还应我的邀请来港就此题目作了学术演讲，并在香港电视台作了专题节目，引起了大众的兴趣，极获好评。

时光飞逝，正当我对香港学界和图书市场逐渐熟悉，大型出版项目的策划与推进越来越驾轻就熟的时候，我的第一届任期满了。尽管香港联合出版集团的领导与香港三联书店的同事都诚恳地挽留我，港澳工委的领导也找我谈话希望我能留下来；但是，年迈的父亲，相隔两地的妻子，希望我能回沪工作，更为重要的是，内地出版业在邓小平同志南方谈话后迅速发展的迹象吸引我投入到这一无限宽广的市场中去，市委常委、宣传部部长金炳华同志也热切地召唤着我，我怀着眷恋离开了刚刚开启新局面的香港三联书店，回到上海任上海人民出版社社长兼总编辑。我深知，两年的时间，对于许多好书的策划、编辑、出版周期而言，对于一个出版机构的品牌培育与光大来说，实在太短暂了，事实上，上述四套丛书中就有两套因为我的离去而未能全部完成，这不能不令人遗憾。但是我应该感谢香港联合出版集团领导、香港三联书店同人对我工作的信任和支持，感谢香港学界对我的接纳和提升，让我在香港度过我出版生涯中十分激奋、充实的两年，在我的人生履历中留下一串厚重的音符。两年的时间，作为一缕轻风，我给香港出版业吹来了什么？

市场经济"时代意识"的普及

原载《文汇报》，2012 年 1 月 30 日

1992 年 1 月 18 日到 2 月 21 日，时年 88 岁的邓小平同志视察了武昌、深圳、珠海、上海等地，发表了一系列重要谈话，通称南方谈话。谈话针对一些年来经常困扰和束缚我们思想的许多重大认识问题，针对当时出现的姓"资"姓"社"的争论，重申了深化改革、加快发展的必要性和重要性，并从中国实际出发，站在时代的高度，深刻地总结了十多年改革开放的经验教训，在一系列重大的理论和实践问题上提出了石破天惊的新思路。正像《春天的故事》这首风靡全国的歌中所唱的那样："天地间荡起滚滚春潮，征途中扬起浩浩风帆。"邓小平的南方谈话，成为继党的十一届三中全会以来改革开放进程中的第二份宣言书，指明了中国前进的方向。

　　那时，我在香港三联书店任总编辑，香港工委宣传部向我们传达了邓小平南方谈话的内容，并组织我们学习讨论。在学习讨论中，小平同志关于马克思主义精髓论、社会主义本质论、市场经济论、"三个有利于"等的深刻论述，给了我极大的教益和启迪，使我领略到一代伟人的非凡睿智和理论深度的巨大感召力和说服力。特别是小平同志关于计划与市场关系的精辟论述为我所折服，并引起了强烈的共鸣。小平同志说："计划多一点还是市场多一点，不是社会主义和资本主义的本质区别。计划经济不等于社会主义，资本主义也有计划；市场经济不等于资本主义，社会主义也有市场。计划和市场都是经济手段。"30 年风云兼程，我们这一代人也曾经历过不少理论上的困惑和精神上的迷惘，一道难以轻率跨越的时代意识就是"市场经济"；今天，人们可以轻松自如地谈论市场经济的概念、理论、模式和规律，殊不知，20 多年前，市场经济还与资本主义生产方式"捆绑"在一起，与社会主义制度隔河相望，人们习惯地认为"计划经济"才是社会主义经济建设的唯一选择。有"吴市场"美誉的经济学家吴敬琏先生曾在《读书》杂志上著文详细地论述了市场取向改革的艰辛过程。例如，70 年代末 80 年代初在学术界热烈讨论"按劳分配"的问题时，就有一批经济学家提出改革的主要内容应当是发挥"价值规律"的作用，建立市场经济，但当时出于避免政治上过于敏感的考虑，他们大都不用"市场经济"的提法，而以"商品经济"来代替。

我从 1973 年起对政治经济学产生了浓厚的兴趣，业余时间也曾写作并发表了一些经济学的文章。到 70 年代末 80 年代初，在我的理论思维中已朦胧地意识到社会主义经济也必须发挥市场机制的作用。1980 年，我在《社会科学》(上海)杂志上发表了长篇论文，详尽地分析了社会主义全民所有制内部存在商品经济的必然性。1982 年 8 月 9 日，《光明日报》摘发了我的《把计划建立在市场的基础上》一文。在这篇文章中，我在论述计划与市场的关系后，指出："在社会主义社会，计划必须以市场为基础，主要表现在以下两个方面：一方面，计划的制定必须求助于市场，建立在对现实经济结构和市场的调查研究与分析预测的基础上；另一方面，计划制定以后要付诸实现，同样必须依靠市场的作用，即借助于价格、税收、信贷等经济杠杆，调节国家、集体、个人之间的经济利益关系，促进企业按国家计划组织生产和流通，从而保持国民经济各比例的平衡。通过市场来调节经济活动可以采取两种不同的形式：一是由国家自觉地利用市场机制来调节，这就是计划调节；二是由市场机制自发地来调节，这就是自由调节。"我在 80 年代初的这些认识在当时可以说是大胆和前卫的，但仍然具有历史的局限性，无法超越传统的"社会主义政治经济学"的理论框架，没有真正认识到市场制度对于提高资源配置效率的决定性作用。

小平同志关于"计划与市场关系"精辟而睿智的谈话，使我对市场经济有了新的认识，看到了改革开放以来，随着市场机制的不断引入，国民经济以惊人的速度发展，迅速地改变着中国的面貌，意识到市场经济能使中国富强起来。于是，我萌生了为国内读者出版一套普及市场经济知识的丛书，为我们社会即将开启的经济转型做好知识启蒙工作的念头。但是，工作一推进，问题接踵而来，策划的原则是什么？结构如何布局，书稿从哪里来，作者队伍怎么组织？如果从西方的经济学通俗读物中遴选一个系列的作品来翻译，在编辑上要省事得多，但这只是基于"知识导向"与"结构导向"来谋划，无法紧扣中国特有的现实生活，也无法体现"问题导向"。就在此时，我的长期作者、远在美国留学的学子史正富、贝多广先后致电我，告之中国留美经济学会打算编辑一套全面系统地介绍市场经济学知识的普及丛书，他们将分别撰写其中的两种，希望我能支持他们的想法，承担起丛书的编辑出版工作。

中国留美经济学会是留学北美的中国经济学者的专业学术团体，成立于1985年5月，长期以来一直在学术层面关注和推动着中国经济的改革和发展，在中国和美国经济学界颇具影响力。不久，该学会时任会长田国强和前任会长易纲分别致电我，详细介绍了他们的编撰想法，表达了合作的意愿。他们的想法与我的想法可谓是不谋而合。这些改革开放之初走出国门求学的青年学人，既有中国国内的教育和生活经验，对中国的经济现象和困惑有真切的感受，同时，又在国外受过系统的市场经济理论的训练，对中国改革开放的路径有诸多的思考，因此，由他们来编写市场经济知识的普及读物，字里行间会表达出一种特有的问题意识和本土关怀，案例的组织也会适应国内读者的阅读趣味，而不只是作为理论的注释。他们无疑是这套丛书最合适的作者。

为了编写好这套丛书，中国留美经济学会成立了编辑委员会，由田国强任主编，易纲任副主编。编委会于 1992 年开始在留美经济学人中征集写作计划。原以为这些置身象牙之塔的青年才俊们不乐于做普及读物的写作，没想到身处异乡的他们心系祖国经济社会变迁，写作热情异常高涨，有 40 多位学者提供了 30 份写作计划，他们之间有昔日的同学携手执笔，也有师生、同事联袂合著。编委会通过评审，挑选了 16 份写作计划，并通知作者开始写作。大部分作者于 1993 年年初完成了初稿。编委会随即组织了审稿工作，审稿采取单向匿名方式，每本书都由两名专家作为审稿人。20 多位审稿人从系统性、严谨性、通俗性、可读性和趣味性等五个方面对书稿进行了评价，提出了修改意见。各位作者根据评审意见进行了修改，各书的第二稿于 1993 年 5 月完成。书稿送我审读后又调整为 14 个选题。

　　根据田国强、易纲的设计，这套丛书的 14 个选题涵盖了现代市场经济学的主要领域，不同题材之间既有一定的联系和呼应，又相对独立。现代经济学理论可以分为微观经济学和宏观经济学两大领域。微观经济学关心的是经济系统的各个组成部分，例如，个人、家庭、企业，并研究市场是如何运转的，它是所有经济学领域的基础；宏观经济学则把整个国民经济作为整体来研究。田国强、张帆的《大众市场经济学》和欧阳明的《简明宏观经济学》组成本丛书的基础部分，分别对微观经济学和宏观经济学作了概括性的介绍。市场经济是一个分散决策的经济体系，在这个体系中，决策是由消费者和生产者单独作出的。肖经建的《现代家庭经济学》和史正富的《现代企业的结构和管理》分别研究了现代市场体系的两个经济实体——家庭和企业。金融市场是发达的市场体系的重要组成部分，金融市场的建设是中国市场体系建设的关键，也是大众关注的热点。因此这套丛书把金融市场的介绍放在了突出的位置，易纲、贝多广合著了《货币浅说》，杨海明、王燕合著了《现代证券、期货市场》。市场经济的发展不受国界的限制，交换关系已经把整个世界连成了一个大市场。经过 10 多年的改革开放，中国经济正在迅速地进入国际分工交换体系，这对中国和世界的未来都有着不可估量的影响。海闻的《国际贸易：理论·政策·实践》和尹尊声的《国际技术转让价格谈判》分别讨论了国际贸易和国际技术交流。世界市场不仅包括国与国之间商品的交易，而且包括国与国之间资金的流动。国际金融知识的普及对于中国进入世界资金市场，更有效地利用外资是必不可少的。毕克茜的《外汇·风险·保值》和段先胜、杨秋梅的《外国直接投资》介绍了这方面的基础知识。市场体系用自愿交换和分散决策的方式协调了社会经济活动，但市场不是万能的。在市场机制发生故障的情况下，需要政府有限度的干预。陆丁的《看得见的手——市场经济中的政府职能》论述了现代市场经济中政府的作用。汪翔、钱南的《公共选择理论导论》分析了政府决策行为、民众的公共选择行为及其相互关系。就像物理学假说需要经过实验才能证明一样，经济理论需要经过实证研究的检验才能成立。林少宫、李楚霖合著的《简明经济统计与计量经济》讲述的是实证研究方法，茅于轼的《生活中的经济学——对美国市场的考察》则对经济生活中的大量案例进行了分析。

这套丛书最大的贡献在于，它帮助我们从经济学的角度来研究人类的行为。长期以来，我们一直受的是"大公无私"的教育，从培养共产主义道德的角度看，这无疑是我们应该提倡的一种品格。但是市场经济学要求我们换一个角度来思考问题。市场经济学的分析是建立在两个最基本的假设之上的。其中之一是假设人是"理性"的，每个人都会在给定的（法规、政策）约束条件下争取自身的最大利益。这种行为被称为人的"自利"行为。这套丛书告诉我们，这一假设与我们平时所提倡的助人为乐并不相悖，只是换一个角度来看问题。人们之所以会助人为乐、无私奉献，是因为他把他人的快乐看成了自己收益的一部分，这就是市场经济学意义上的"自利"。而且在经济学中，"自利"和"损人"还是两个不同的概念。利己者也可以利人，同样不利己者也可以损人。今天，市场经济学的这一基本假设已经被许多人所了解，但在当时却是普及市场经济知识的一个主要障碍。"市场经济学普及丛书"在这个问题上，解放思想，打破框框，开全国风气之先，为社会主义市场经济的建立鼓与呼，功不可没。

作为这套丛书的出版总策划，我认为它还具有四个方面的特色：一是在国内的出版物中第一次比较完整地涵盖了现代市场经济学的主要领域，还涉及一些前沿专题，可以毫不夸张地说，读完读懂这套丛书，你就已经掌握了现代市场经济学的一般规律和基本知识。二是力图结合中国的现实，通过典型生动的实例，通俗易懂的文字，讲故事的方式，将市场经济的基本原理和运作规律娓娓道出，将股市的波澜、企业的经营、外资的引进、汇率的调整、政府的职能等等，剖析得透彻、清晰、简单、明了，称得上"是真佛只讲家常话了"。三是第一次尝试在市场经济同计划经济的对比中，展开对市场经济知识的介绍，以使读者更清楚地了解市场经济的运行特点，以及市场机制解决社会经济问题的巨大能力，进而认识到选择社会主义市场经济是历史的必然，解决当前发展和改革过程中存在的深层次矛盾和不容忽视问题的唯一出路是深化改革，加快市场化的步伐。四是这套丛书的作者经过在国外著名学府系统的经济学训练，有的已经成为世界银行等国际组织的高级专家，有的被聘为国际著名高等院校的终身教授，有的曾获得国际经济学大奖。他们比国内学者更加熟悉西方市场经济的利弊，比国外学者更熟悉中国的国情，既有深厚的理论根底，又有参与市场经济的切身体验，因而做到了现代市场经济理论与中国国情的有机结合，与实务知识的水乳交融。

1993 年 5 月，我在香港三联书店的第一个任期届满，香港联合出版集团要我继续留任，而上海市委宣传部则希望我回沪出任上海人民出版社社长兼总编辑。我选择回沪工作，内地社会主义市场经济体制建设的宏伟目标吸引着我，心中惦记的是这套"市场经济学普及丛书"可以尽快在内地出版，为伟大的社会变革实践奉献一份精神滋养。7月我正式回到上海，由于新的任命还未下来，我主动要求先到上海人民出版社帮助工作。一上班，我就向时任社长巢峰同志谈起这套饱含着深深社会责任和时代抱负的丛书的策划和成稿过程。巢峰同志与我息息相通，当机立断，让我牵头，组织全社精兵强将30多人参与编辑出版工作，赶在党的十四届三中全会通过《中共中央关于建立社会主义市场经济体制若干问题的决定》之际高质量地推出这套丛书，承担起为市场经济"时代意识"普及的重任。

在领导出版这套丛书的过程中，我有意识地尝试用市场经济的办法来获得两个效益。当时出版业已由"短缺"步入"过剩"时代，但编辑仍然没有太多的市场意识，只管理头编书，一旦书稿发到印刷厂，就不再过问了，这与我在香港做出版的境遇完全不同，于是，我觉得应该让编辑通过这套丛书的运作初步培养市场的意识，也算是这套丛书的内容在出版社本身得到实践。那时出版界市场营销意识初萌，仅仅只是在书评与宣传上花点小功夫，没有人思考融资与投资层面的运营，而我则利用曾在香港工作的人脉优势，与香港的智慧出版公司（当时这家出版社有拓展内地市场的战略）以"双冠名"的形式合作出版（承诺按比例共同分享赢利），不仅吸引了300万元的前期投资，还让合作方签约承销 1 万套图书，分摊了销售压力和市场风险，加快了资金的回笼，实现了低成本扩张，对方也获得了品牌收益。

在图书宣传与包装上，我们也动足了脑筋。我们十分注意包装作者，勒口上有详细的作者简历，介绍他们的研究工作和成就，书前书后认真经营，有编者前言，声明编辑方针，长长的总序对整套丛书的价值链进行了系统的梳理和阐释，新闻稿注重话题的演绎，让全国各地的媒体对于这套丛书的开风气、领风骚之举理解精准，报道活跃。我们还在北京、上海精心策划了两个高层次的出版座谈会，通过政府领导人与著名学者的双重影响力将传播的"剧场效应"扩大成为"广场效应"。为加强与读者的互动，书中还设计了读者意见调查表，及时获得读者的阅读体验信息，为重印和后续选题的开发提供可以参照的市场调查信息。我事后统计，为这套书一共策划了 20 多项营销推广活动，密集程度是前所未有的。

这套图书在当时影响很大，一共发行了 40 多万册，先后获得了全国和省市的诸多出版奖项，社会效益和经济效益都达到了预期的目的，成为我们国家的改革开放，我们时代的社会、经济转身的历史大潮中一套值得纪念的出版物，也推动了上海人民出版社向市场主体转型。同时，我们也发现和培育了一批新的海外经济学新星，帮助他们在国内建立了声誉，推动其中一部分最有希望者回国效力。目前这套丛书中的不少作者和编委均活跃在国内一些重要的岗位上。例如，易纲现在已是中国人民银行的副行长、国家外汇管理局局长，海闻担任了北京大学副校长，田国强和张欣则分别出任上海财经大学经济学院和公共管理学院的院长，贝多广、史正富等则分别在国内金融、投资等领域作出了出色的成绩。对于出版社来说，这批作者与上海人民出版社缘分绵长，"班子不散，好书不断"，尹尊声、海闻后来为我们主编了"现代工商管理丛书"，也取得了成功。海闻、易纲应我之邀，为我们主编了"现代经济学、管理学教材系列"，成为了北京大学、复旦大学等全国著名高等院校经济系科的核心教材，一直使用至今。史正富为我们主编的"中国改革 30 年研究丛书"则在海内外引起了重大反响。他们也成为我本人终身的学术挚友。

弹指一挥间，在纪念邓小平同志南方谈话 20 年的日子里，回想起我们这一代人市场经济"时代意识"的产生与建立过程，回忆起这套"市场经济学普及丛书"的策划与出版历程，内心依旧荡漾着当年的激越与活力，我们的国家，我们的民族，我们的时代，就是在激越和活力中奋发、成长。

让我们永远珍藏那一份激越与活力。

铸就历史的铜镜

原载《中华读书报》，2012 年 10 月 17 日

2000 年 9 月，正是新世纪美洲大陆的第一个红枫之季，宾夕法尼亚州的红叶格外绚丽，29 日，中国驻美国大使李肇星专程前往位于费城的宾夕法尼亚大学，代表中国国家主席江泽民向该校图书馆赠送《中华文化通志》一套共 101 卷，以庆祝该校图书馆成立 250 周年。《中华文化通志》分为序卷和十典百志。该书贯通古今 5000 年历史，涵盖十大文化领域，阐述详尽，内容丰富，是中华民族历史上第一部系统、全面的文化通志。宾大图书馆是美国大学中历史最悠久的图书馆之一。为了隆重庆祝图书馆成立 250 周年，宾大校长朱迪思·罗丁提出请世界各重要国家的元首赠书，并专门致函江泽民主席，希望江主席向该校赠送一套能够代表中国及其丰富文化传统的书籍。不久，宾大就接到中国驻美使馆的正式回复，于是，就有了李肇星大使的特殊使命。要细数这套历史巨著与美国大学的渊源，还可以追溯到 1997 年 10 月底 11 月初，江泽民主席应美国总统克林顿邀请访美，在美访问期间，江主席去了著名的哈佛大学，为师生们做了一场题为"增进相互了解，加强友好合作"的演讲，其中专门论述了中华文化的伟大传统。后来应《中华文化通志》编委会主任萧克将军的请求，江主席欣然同意将这篇精彩的演讲词中关于中华文化的部分独立成篇，题为《大力弘扬中华民族的优秀历史文化》，置于全书序卷之首，作为全书代序。

江泽民主席对这部巨著的悉心关怀还远不止这些，1994年1月18日，江泽民主席为正在编写中的这部巨著题词"弘扬中华民族优秀文化传统，加强社会主义精神文明建设"。成书之后的1998年11月9日下午，江泽民主席于紧张的国务活动间隙，在人民大会堂接见了编委会主任萧克将军及部分编委、出版社编辑人员。接见前在福建厅休息室，我陪同萧克将军代表编委会向江主席汇报这套巨著编撰的基本情况，江主席饶有兴趣地翻阅了《中华文化通志》各卷，询问了有关情况。之后在福建厅接见全体代表时，江泽民主席作了重要讲话。他说："中华文明源远流长，博大精深，不仅是中华民族的巨大宝库，也是人类社会的宝贵财富；萧克同志戎马一生，年逾九旬，率领大家协同作战，合力攻关，出色地完成了任务。这套书为后代研究中华五千年文化留下了珍贵的成果。"江主席还高度评价了各个领域专家卓有成效的学术工作，"历时八年，做了件很有意义的事情，这套书体现了国家水平，可以传之后世"，同时，还特别感谢了出版工作者的辛勤劳动，"他们默默无闻，数年如一日，是无名英雄啊！"

《中华文化通志》从编纂到出版，自始至终还得到众多党和国家领导人的关心、关注和过问，他们中有李瑞环、刘华清、杨尚昆、薄一波、宋任穷、王震、张爱萍、李铁映、谢非、洪学智、叶飞、李德生、王首道、杨得志、陈锡联、周谷城、费孝通、王光英、刘澜涛、钱伟长、程思远等，他们有的亲临会议发表重要讲话，有的挥毫题词表示祝贺。正是这许许多多的关切，护佑并支持着这部巨著的构思、写作、组织和出版。

《中华文化通志》是一面巨大的历史铜镜，一项浩大的文化与出版工程，由萧克将军创意于 1990 年。曾亲历百战的萧克将军对这一文化工程也深感头绪之繁复，他曾十分感叹地说："《中华文化通志》是一部大型著作，是百人以上的集体创作。这么多专家在一起，气势宏伟，力量巨大。同军队打仗一样，各军、兵种若干部队，必须协同动作，才能发挥力量。主编作为一个方面的指挥官，必须心中有数，按照统一部署，对各志编写工作提出明确要求和严格的质量标准，一本一本抓落实。要做好这件事，主编和作者都需要花大力气。"这部大书的编委会成员，除了我和张国琦、朱金元同志外，均是学界的权威，他们是李学勤、宁可、王尧、刘泽华、孙长江、庞朴、陈美东、刘梦溪、汤一介、姜义华，他们还分别担任十典的主编。但是大家一致认为，没有萧克将军的指挥，这一文化工程的如期竣工是不可能的。从 1992 年 7 月至 1998 年 11 月，编委会在萧克将军的主持下，先后召开了两次作者大会，12 次编委会会议，近百次专题会议，从通过编撰规划、确定框架结构、遴选撰稿人员、拟定编写体例、研定各志提纲、明确撰写要求、强调学术质量、把握编撰进度、部署主审定稿，到落实出版事宜、协调交稿时间、组织重要活动等，无不是在萧克将军的指导下进行的，充分体现了将军高屋建瓴、运筹帷幄、规划有方、指挥若定的才能和智慧。萧克将军的住所，北京西城区一座不起眼的四合院，也成了打好这场文化战役的指挥所。

说起这套书，不能不说复旦大学的姜义华教授，他是这项工程的主要设计师，学术策划人。姜先生具备"通家气象"，学术视野广阔，境界高远。在他的运筹中，"通"者之首义为"贯通"，书中所述文化各端，于以类相从时，复举其始终，察其源流，明其因革，论其古今。"通"者必须"汇通"，文化诸事，无论其为物质形态的，制度形态的，还是观念形态的，都非孤立存在。中华文化是境内古今各民族文化交融激荡的硕果；因此，描绘中华文化，于贯通的同时，还得顾及如此种种交汇的事实。"通"者必然"会通"，"会"乃"体会"、"领会"、"会心"之意。《中华文化通志》所求之"通"，通过作者对中华文化的领悟，与中华民族心灵相体认，与中华文化精神相契合。他还会同其他同辈学者共同规划了"十典百志"的大格局。十典分别为：历代文化沿革典、地域文化典、民族文化典、制度文化典、教化与礼仪典、学术典、科学技术典、艺文典、宗教与民俗典、中外文化交流典。每典十"志"。历代文化沿革典，十志按时序排列。地域文化典十志，主要叙述汉民族聚居区域的地域文化，按黄河流域、长江流域、珠江流域排列。民族文化典十志基本上按语系分类排列。中外文化交流典十志，按照中国与周边及世界各大区域分区排列。其余各典所属各志，俱按内容排列。

我与这个项目结缘完全出于一个出版人的文化自觉。1991年5月10日新华社全文转发了萧克将军在中华炎黄文化研究会成立大会上的讲话，在讲话中萧克将军宣布将着手编撰百卷巨著《中华文化通志》。当时我在香港三联书店工作，此事引起了我的重视。1992年9月8日，《人民日报》以半版篇幅刊出了《中华文化通志》十典百志拟目及作者招标要求及办法的《通告》，为《中华文化通志》"十典百志"在全球征集主笔。这部大书的构架深深地吸引了我的注意，第一感觉，这是近年来最有气势和内涵的大型史学著述项目，职业敏感令我急于向编委会探寻这部大书是否落实出版机构。但是询问的结果是，这部大书只考虑交由内地的出版社出版，令我遗憾不已。

1993 年我奉调回沪，年底出任上海人民出版社社长兼总编辑。上海人民出版社是一家在史学著作出版方面有着深厚积累的出版机构，为继续完善史学著作的出版体系，上任伊始，我就组织有关编辑制定史学出版中、长期规划，按照"中国古代史"、"中国近代史"、"中国现代史"、"世界历史"、"中西比较史学"、"历史理论"（史学史与历史研究）六条线索布局，整合既往出版物，开发新选题，以凸显史学出版物的系统性、建设性与前沿性。此时，我又想起了《中华文化通志》，经第三编辑部主任朱金元同志联系，我拜会了姜义华教授，通过他与萧克将军的秘书、编委会成员张国琦同志取得了联系。张国琦同志告诉我，编委会曾于 1992 年 10 月与上海人民出版社商量过出版事宜，但没有结果，现在已经与中央党校出版社达成出版意向，要变更出版社需要有充分的理由（更具备实力、编辑水准更专业、出版物更优质、更有效益）来向编委会各位专家和作者说明。我带着这个问题回到社里，发动全社讨论如何争取到这部大型著作的出版权，虽然大家都十分认同这部巨著的学术价值与出版价值，但是，当时 12 卷本《中国通史》和"中国断代史系列"等大型出版工程正在"斜坡上"（都仅出版了一小部分），而且这部巨著的前期投资（需要 100 万元的预付）和编辑负荷（约 30 人的专业编辑投入）都是问题，那时，上海人民出版社推行经营责任制不久，编辑部面临的经济指标考核的压力很大，这部 4000 万字的大型出版工程要在三年内完成，许多人对于巨大的投资与编辑力量的超常调度产生不少疑问，大多数同志认为"该工程耗费资源巨大"，上海人民出版社不具备上马的条件，应该主动"割爱"，退出竞争。

那一段时间里，我陷入了沉思之中，我知道对于《中华文化通志》这样意义重大的出版工程，一旦犹豫不决，就可能与该项目"失之交臂"，但是，如果决定争取并承接出版这项任务，不只是一个领导人的魄力问题，而且应该细心运筹，解决好投资、运营、编辑力量、考核等一系列实际问题，才能统一团队意志，说服编委会专家，继而制定可行的实施方案，顺利推进项目。在这个时候，上海人民出版社副社长兼副总编辑郁椿德同志站出来支持我出版《中华文化通志》的意见，认为此举将极大地提升上海人民出版社的地位。《中华文化通志》出版准备工作开始启动。

第一步是预算外争取项目投资的问题，原本希望编委会出面来争取社会投资，但推进并不顺利，编委会确实拿到了不少社会赞助，但都用在了作者的编写组织上，不可能再来补贴出版经费。于是，我发掘在香港工商界的人脉关系，动员酷爱中华文化的企业家余志明先生资助100万元，解决了前期组织工作与稿酬预付的问题。第二步我决定聘请社内16位退休的资深老编辑，与12位在职历史编辑组成《中华文化通志》编辑部，并调整了考核办法（规定该项目编辑与经济指标脱钩，实行新的目标考核办法），以解决人力资源和激励问题。同时，我制定了三审之间高度衔接的工作流程，以确保编校质量。1995年5月4日至5日，《中华文化通志》编委会召开第七次会议，分别听取了中央党校出版社社长叶佐英同志和我关于《中华文化通志》出版准备事宜的汇报，我们的准备工作得到了萧克将军和编委会的肯定和赞许，萧克将军代表编委会决定，《中华文化通志》改交上海人民出版社出版。

1995年5月28日，年近九旬的萧克将军亲临上海人民出版社视察，进一步了解《中华文化通志》编辑出版工作筹备情况，我向萧克将军汇报了上海人民出版社历史读物出版的总体情况和布局，详细介绍了为《中华文化通志》的编辑出版所做的一系列筹备工作，萧老频频点头，认为将《中华文化通志》的出版任务交给上海人民出版社是合适的，并将第一批18部书稿交付于我。萧克将军拉着我的手反复叮嘱说："《中华文化通志》的核心问题是质量，没有高质量就没有生命力，因此需要有'一字不苟'的精神。"将军的嘱托使我深深感到肩上担子的分量。其后，萧克将军还专门写信给时任中共上海市委书记黄菊同志，请上海市委给上海人民出版社这一工作以大力支持。

百卷本《中华文化通志》编辑出版工作的大幕从拉开到谢幕历时三年半之久。我深深地知道，一方面，这部皇皇4000万字的巨著，通贯5000年，涵盖各领域，卷帙众多、篇什浩繁，涉及政治、经济、军事、外交、文化、艺术、科技、教育、民族、宗教、民俗、风情、疆域等方方面面；另一方面，由于是100多位专家学者参与著述，书稿在学术尺度、文章结构、编写体例与文字风格等方面千差万别，参差不齐，因此如何不负萧克将军嘱咐确保编辑出版质量是亟待解决的问题。1995年7月5日，在编辑工作"战前"动员大会上，我要求参加这部巨著编辑出版工作的同志都应牢固树立"两个意识"：一是精品意识。《中华文化通志》是一部记载源远流长中华文化、记录每一时代文化轨迹的大书。大书无魂、片言不存；精髓所在，流传万代。一些千万言大书片言无存的教训并不鲜见，值得我们引以为鉴。二是政治意识、政策意识。这部巨著涉及面广、政策性强，对此不能有半点疏忽，要有高度的政治敏锐性和把关意识。

在整个编辑出版过程中，我曾先后八次主持召开由编辑部全体人员和决审室、美编室、出版校对等部门有关人员参加的编辑工作会议，评价书稿总体的质量，明确严格把关的要求，把握编审排校的进度，协调各个环节的衔接，部署每一阶段的任务。我还近百次召集编辑、审读、美编、出版校对等部门有关人员，专题研究编辑加工凡例、书稿审读把关、排校力量组织、装帧设计方案、印装部署落实等一系列相关问题。例如，为确保百卷巨著编辑工作的开局质量，使陆续交付编辑的100部书稿有统一的章法可循，我亲自拟定了质量把关的"凡例"，明确：（1）凡书稿中有明显错误的文字或明显离题的内容，应予改正或删除；（2）凡书稿中枝蔓过多、水分过多的文字，应作必要删节，但要避免凭个人眼光随意处理；（3）书稿中涉及已有定论的历史人物和事件，必须取非常慎重的态度，凡要改变定论，必须有大量可靠的材料和严格的论证；（4）凡书稿中涉及的政治敏感问题，要严格把握，正确驾驭，谨慎处理，详细报告，万万不可小视，切忌粗枝大叶，随意处理；（5）凡书稿中历史地图和现今地图的绘制和审核，必须严格执行有关规定；（6）凡书稿中涉及某些落后面的内容，文字处理应选择恰当的角度。

编辑出版工作陆续进入发稿、审读、排校、付型阶段后，作为总决审，我亲自审阅了100部书稿的全部初复审意见和审读意见，处理了大量学术上的疑难问题，审阅了100部书稿中涉及党和国家各项有关政策及政治敏感问题内容的编辑加工处理文字，凡编辑工作尚未到位的，或退还责任编辑补做，或推倒重来；在签发审读校样时，我逐一审阅了100部校样的编校、通读质量，对校样中的疏漏或不足之处提出了明确的处理意见；在对付型清样所作的最后一次全面检查时，我再次对每部清样的质量作了把关，仔细查阅了每部清样中经检查而夹出的每一张浮签，对确实需要精益求精的文字，或明确批示处理意见，或亲自动手改定。

《中华文化通志》能够高质量地编辑出版，最根本的原因还在于上海人民出版社有一支高素质的编辑队伍，编辑部28位编辑和参与决审的16位编辑均是具有相当学识水平、长期从事学术类图书编辑工作的同志，更加重要的是他们都具有一颗不计得失、默默无闻地为文化建设作贡献的金子般的心。不少书稿交稿时质量较为薄弱，是经过我们的编辑反复退修和加工后才得以完善起来达到出版标准的。这100部书稿中的每一部都经过七审八校，远远超过了三审三校的一般出版流程，编校人员在其中的心血可想而知。在编辑出版工作中我们共编发了几十期工作简报，将编辑工作中发现的问题和处理的情况与编委会和全体作者沟通，得到了萧克将军和编委会的高度重视和赞扬。

《中华文化通志》编辑部主任是朱金元同志，副主任是虞信棠同志，他们都为这部巨著的出版作出了重要的贡献，尤其是虞信棠同志更是功不可没。为了确保这部巨著的出版质量，在全部审校工作进入最后阶段后，我决定成立整稿小组，实施印前整稿工作，具体由虞信棠同志负责此事。虞信棠同志日以继夜对 100 部清样从文字内容到版式规范作了逐页检查，提出了大量极有价值的意见，可圈可点之处比比皆是。经过整稿，有的作了内容的增补，有的作了进一步的文字润色，有的调整了章节标题，有的对学术观点作了仔细的推敲，从而进一步提高了书稿的质量，杜绝了可能疏忽的差错。

《中华文化通志》装帧设计和印刷制作工作堪称一流。封面装帧设计是著名设计师吕敬人同志呕心之作，就大型图书的设计而言，好像国内还没有哪套书的设计能出乎其右。而这部巨著的校对制作印刷工作则是总监制郁椿德同志组织社内 16 位同志，本着高度负责的态度用时三年一次推出的，也做到了一丝不苟。1999 年 9 月，这部巨著以精深的学术质量和完美的出版质量荣获第四届"国家图书奖荣誉奖"殊荣。

10 多年过去了,《中华文化通志》首印的 5000 套已经全部售罄,经与编委会商量,最近又重印了 2000 套。如今,翻看这套大书的编辑工作简报,回想起当年与同志们一起不分昼夜、辛勤劳作、悉心审校、严格把关的情景,一份职业满足感、幸福感依然回荡心头。我常常在想,如果历史真是一面面"铜镜",我们就是铸就"铜镜"的手艺人。尽管"铜镜"上不曾篆刻上我们的名字,但是我们的手艺将与历史同在。

争做出版工作的高原

原载《中华读书报》，2011 年 8 月 10 日

哲人维特根斯坦在评价门德尔松的音乐时有过一句十分精彩的话："那不是高峰，那是高原。"中国出版界，在不同时期、不同领域出版过一些好书形成高峰的出版社似乎并不算太少，但要能真正群峰并立形成高原的则屈指可数。我们从上海人民出版社 60 年的出版历程中，依稀能找到这种文化高原的感受。

上海人民出版社是一家有着深厚积蕴、强劲实力和显赫声名的出版机构，它的前身为华东人民出版社，1951 年初由新华书店华东总分店编辑部和出版部合并组成，最初归中共中央华东局宣传部和华东军政委员会新闻出版局领导。1955 年初中央撤销大行政区一级机构后，华东人民出版社改名为上海人民出版社，转为上海市委宣传部辖内。在我之前，历任社长有叶籁士、宋原放、赵斌、巢峰同志，皆为中国文化界、出版界的翘楚。叶籁士是著名学者，后奉调北京，先后出任人民出版社第一副社长兼第一副总编辑、中国文字改革委员会副主任，宋原放在"文革"后担任了上海市出版局局长，赵斌曾长期执掌香港联合出版集团，巢峰则先后四次具体主持《辞海》的编纂修订工作。

20世纪五六十年代，上海人民出版社从无到有，经过一步步的调整、充实和提高，逐步形成了一个以政治读物为主的社会科学类出版社，出版门类包括了党建、哲学、历史、经济等各个方面，并且有了专门的普及读物和翻译读物的编辑出版部门。其间，上海人民出版社出版了杨宽《战国史》、齐思和《中国和拜占庭帝国的关系》、艾思奇《唯物辩证法的范畴简论》、姚耐等《政治经济学教材——社会主义部分》、胡寄窗《中国经济思想史》、冯友兰《中国哲学史论文二集》和《中国哲学史史料学初稿》、中国史学会主编"中国近代史资料丛刊"之一《洋务运动》（全八册）等一大批代表中国最高水平的学术著作，翻译出版了阿诺德·汤因比《历史研究》、悉尼·胡克《历史中的英雄》、伏尔泰《哲学通信》、约翰·杜威《人的问题》等一批西方学术著作，从而确立了在社会科学出版领域仅次于人民出版社的地位，形成了自己第一个高原时代。还有一件事也能证明上海人民出版社当时在全国出版界举足轻重的地位。1964年中央在出版《毛泽东选集》的过程中，曾打算出版线装本，人民出版社怕亏本，对此有些犹豫，时任中央办公厅副主任、《毛泽东选集》出版委员会负责人田家英同志曾有过将《毛泽东选集》线装本交由上海人民出版社出版的想法。方厚枢先生在《关于"毛选"出版的一件往事》中披露了这一史实。

七八十年代，上海人民出版社拨乱反正，迅速地发展成为一家综合性的社会科学类出版社。在此期间，上海人民出版社出版了"中国文化史丛书"（周谷城主编），掀起了国内文化研究热潮；出版了"青年信箱丛书"、"祖国丛书"、"当代大学生丛书"、"青年之友丛书"等一批青年读物，创办了《青年一代》杂志，在国内青年读物出版方面独领风骚，成绩卓著，其中王梓坤的《科学发现纵横谈——献给青年同志们》风靡一时，倾倒了多少青年读者，而《塑造美的心灵——李燕杰报告集》累计印数高达422万册，《青年一代》的期发量最高时曾达到500万册；在大学政治理论公共课教材的开拓方面则称雄一方，《政治经济学教材》、《马克思主义哲学基本原理》、《中国共产党历史讲义》等书的累计印数均高达数百万册甚至1000万册以上。上海人民出版社迎来了建社以来的第二个高原时代。

90年代对中国出版业来说，是一个精神品质与阅读市场激越交织的年代。一方面，国家在80年代初制订的长远出版规划的逐步完成，直接铸就了以 1996 年中国出版成就展为代表的出版繁荣，在中国出版史上堪称空前绝后；另一方面，出版改革中承包责任制的导入与尝试，导致"多出好书"的产业链断裂，经济效益和社会效益的统一走向二律背反，引起中国出版业的深度震荡。我就是在这样的历史背景下，经巢峰同志推荐、组织安排，于 1993 年离开香港回到上海出任上海人民出版社社长兼总编辑的。这一届领导班子中还有党委书记兼副社长曹培章、副社长兼副总编辑郁椿德、副总编辑张宝妮；1995 年后我兼任上海市新闻出版局副局长，郭志坤调入任总编辑，张宝妮调出他任。我们几个志趣相投，风格各异，凝聚成为一台动力强劲、效率超常的"火车头"。

当时，限于经济效益的滑坡，上海人民出版社也在推行承包责任制，由此一个直接的后果是，一些立足长远的重大出版工程搁浅了，例如由白寿彝先生任总主编的 12 卷 22 册《中国通史》于 1989 年出版第一卷后即暂停了，编辑囿于短期经济效益的压力，纷纷把眼光转向畅销图书，热衷于搞协作出版，更有甚者打起了擦边球，在出版禁区的边缘行走。尽快地扭转这种状态，成了我上任后的首要任务，也是前任社长巢峰同志的殷殷嘱托。经过一个月的调查研究后，我给全社编辑开了一堂题为"综合性大型出版社的出书结构和策略"的讲座，结合我在香港三联书店工作的实践和与海外出版机构合作的体会，详尽地论证了多出好书对一家出版社的重要性。我举例最多的是法国伽利玛出版社和德国苏尔坎普出版社。在法国，人们面对伽利玛出版社的书目，可以惊呼：这里容纳了半部法国文学史！它是法国出版界的一面旗帜，一个象征，没有它就没有20世纪的法国文学史。同样，在德国，人们面对苏尔坎普出版社由两千多册精品图书构筑的"彩虹"书墙，可以感叹：这里高耸着德意志民族的思想高峰，没有它，德国战后的思想、文化重建将推迟多少年！我认为，中国的出版社开始面向市场，这无疑是一个巨大的进步，从短期的意义看，也没有必要去非议那些从学术著作领域撤退的出版行为，这种行为在一定程度上是理性的。然而，市场的本性是"短视"的，十年百年的需求，尤其是对高层次社会科学著作的需求，市场是不考虑的，越是发育不健全的市场，越带有短视的特性。因此，在新的历史条件下，在建设社会主义市场经济的过程中，如何出版一些高质量的、代表国家水准的大型社会科学学术著作，是摆在我们面前的一项重要任务。上海人民出版社应该锐意改革，在建立与社会主义市场经济相适应的出版新体制的过程中，逆市场的"短视"而动，坚持不懈、持之以恒地出版好社会科学学术著作，以迎接21世纪中国文化建设高潮的到来，并形成自己新的出版高原。我要求全体编辑思考，十年以后，人们面对上海人民出版社的书目会作何种感想，是文化脊梁，还是商业运作，或者两者兼备？化繁为简，我在上海人民出版社的出版理念与管理运筹的展开就是从追求一份厚实的书目开始的。从1994年到1999年，我们一直在做选题规划的设计和调整，呼应国家文化建构的大视野、大气势、大关怀，开疆拓土，谋划长远，力求大布局、大手笔、大建树、大制作、大开阖，终于培育出历史学、经济学、哲学、国际政治、党建等数条完整的产品线和厚实的价值链来。

历史主题图书的出版一直是上海人民出版社的传统强项。上海人民出版社出版的第一部学术著作就是李亚农的《中国的奴隶制与封建制》，第一部文学作品是王瑶撰写的历史人物传记《李白》。从1994年起，我们对历史读物做了全面的规划和设计，并不断地加以完善。我们先是决定抓紧完成在20世纪50年代、70年代已开始的处于"半拉子"状态的重大出版工程——76卷本"中国近代史资料丛刊"、12卷本《中国断代史》和12卷本《中国新民主主义革命历史长编》，重新启动已被搁浅的白寿彝总主编的12卷22册《中国通史》，而后又断然决定出版101卷本《中华文化通志》、50卷本"中国专题史系列"、15卷本《上海通史》及多卷本《世界通史》，还规划了一系列关于党史、军史的重大选题。此外，我们还特别致力于通俗历史系列图书的规划布局，推出了黎东方的"细说中国系列"，激发起公众的读史热情，成为当时市场上并不多见的历史普及类畅销书。这些重大项目到上世纪末基本完成，无一例外地获得国家级的重大奖项，从而奠定了上海人民出版社在全国历史读物出版领域独一无二的地位。这些项目还获得了党和国家领导人的高度重视和亲切关怀。江泽民同志为《中华文化通志》题词和提供序言，还于该书出版后在人民大会堂亲切地接见了编委会成员和编辑出版人员，并发表了重要讲话。《中国通史》出版后，江泽民、李鹏、李瑞环、李岚清等领导同志还分别致信致电白寿彝先生表示祝贺。

作为经济学编辑出身的我，当然特别重视经济管理类图书的出版。20世纪90年代上海人民出版社的经济管理类图书也是值得一书的。80年代我在上海三联书店工作期间，曾主编了"当代经济学系列丛书"，到1994年已经出版了七八十种，被认为是中国当代经济学史上一个里程碑式的标志。到上海人民出版社上任后，我即与上海三联书店商量，将此套丛书改由两家出版社合出，具体编辑工作由上海人民出版社负责。这套丛书共分四个系列，包括"当代经济学文库"、"当代经济学译库"、"当代经济学教学参考书系"和"当代经济学新知文丛"。

1992 年初小平同志南方谈话发表之后，中国确立了建设社会主义市场经济的目标，经济体制改革的步伐加快，我意识到中国经济体制开始大规模地进入了制度变迁阶段，于是与经济学家们一起商量如何推动改革向纵深发展。"当代经济学系列丛书"对此作出了重要贡献。我们先是引进了西方新制度经济学的代表性著作，如阿尔钦和科斯等的《财产权利与制度变迁：产权学派与新制度学派译文集》、科斯的《生产的制度结构》、威廉姆森等的《工业制度与市场组织》、诺斯的《经济史中的结构与变迁》和《制度、制度变迁与经济绩效》、迈克尔·詹森和威廉·梅克林等的《所有权、控制权与激励》、丹尼尔·F·史普博的《管制与市场》、曼瑟尔·奥尔森的《集体行动的逻辑》等。我们还推动中国经济学家运用新制度经济学的方法来研究中国的经济问题，先后出版了林毅夫的《制度、技术与中国农业发展》、张军的《"双轨制"经济学：中国的经济改革（1978—1992）》、刘世锦的《经济体制效率分析导论》、张维迎的《企业的企业家——契约理论》、刘小玄的《中国转轨过程中的产权和市场》、盛洪主编的《中国的过渡经济学》等一批重要的学术著作，形成了"中国的过渡经济学"这一重大理论成果。

我一直认为，中国经济学由传统向现代转型的关键在于经济学教育的革命，因此，编辑出版一套由中国经济学家撰写的经济学管理学大学教材是我自80年代后期起就萌生的愿望。由于现代经济学是在西方的土地上成长起来并日臻完善的，80年代中期才开始逐渐地进入中国经济学家的视野，不可避免地当时出版界更多地是引进一些西方的经济学教材，就像"当代经济学系列丛书"就专门设计了"当代经济学教学参考书系"这个子系列，主要出版国外著名高等院校的重要教材。但是我很清楚，尽管现代经济学已具有很多自然科学的特征，但它归根到底是一门社会科学。由于历史、文化、社会、政治方面的不同，各个国家之间的经济运行的不同之处远远多于相同之处，因此在翻译引进西方经济学教材的基础上，编写中国经济学家自己的教科书就显得十分重要了。90年代中后期，中国经济改革不断向纵深推进，社会主义市场经济体制的雏形渐渐清晰，中国经济学家在改革的实践中积累了大量的经验，同时一批在国外受过系统现代经济学训练的留学生陆续回到国内投身于改革的洪流，我感到出版中国经济学家编写的现代经济学管理学教科书的时机已经成熟。

1994年，林毅夫教授创建了北京大学中国经济研究中心，一批海外学子聚集中心任教，我找到了正在那里任教的易纲、海闻教授，建议由他们牵头组织编写一套现代经济学教材，他们欣然接受了我的邀请，于是就有了"现代经济学管理学教科书系列"。这套丛书共有16种，涵盖了现代经济学和管理学的主要领域和许多前沿专题，准确、全面、系统地阐述了每个学科的基本内容；丛书语言简明通俗，结构科学严谨，适合于教学与自学，每本教科书的前言或第一章有一个教学大纲并附有两套教案，有的还配有《教学参考书》并附有题库及部分答案；最难能可贵的是，丛书坚持用现代经济学的理论和方法去分析中国的经济现象，尽可能多地给出中国经济运行中碰到的问题和案例，其中有的著作还因此对现代经济学作出了新的贡献。为了突出这套教材的中国特色，我建议丛书的主编在组稿时尽量考虑由一位在海外名校从事经济学管理学教学工作的学者与一位在国内名校从事经济学管理学教学工作的学者合作编写。在我的牵线、推荐下，《宏观经济学》一书由加拿大达尔蒙斯大学教授欧阳明与复旦大学教授袁志刚合作完成；《国际贸易》一书则由美国福特路易斯学院教授、北大教授海闻，美国加州大学戴维斯分校教授P·林德克和上海外贸学院教授王新奎合作完成。其他教材也大多采取这种合作方式完成。这套丛书从1997年出版发行第一本以来，受到各方面的好评，先后被北京大学、复旦大学等国内著名院校作为主要教材和研究生入学考试的指定参考用书，目前已经发行了近百万册。这套教材中的《宏观经济学》等书还被台湾的五南出版社选中出版了繁体字本，成为台湾大学的选用教材。

为了推进现代经济学和管理学知识的普及，90年代中期，我与中国留美经济学会合作，先后推出了由田国强、易纲主编的"市场经济学普及丛书"和由尹尊声、海闻主编的"现代工商管理丛书"。在我们看来，要投身于市场经济的大潮，既需要勇气，更需要知识。投身于市场的勇气来自对市场经济的洞察能力，大智才能大勇，经济学就是培养对经济运行规律的洞察能力，这是出版"市场经济学普及丛书"的初衷；而在市场的激烈竞争中能否取得胜利还取决于经营能力，管理学就是培养运筹帷幄决胜千里的经营能力，这是出版"现代工商管理丛书"的本意。这两套丛书是国内最早系统地介绍现代经济学知识和现代工商管理知识的普及读物，受到了读者的热烈欢迎，还获得了各种出版奖项。

国际政治在现代出版谱系中算不得是一个热门的学科，但却是最具精神高度的知识园地，在西方，一些最著名的大学都以优秀的国际政治学系与学派而显赫，因为，国际政治理论和思想常常标志着一个国家智库的研究水准和国家影响力指数的高低。有一件事情对我的印象很深。1992年，我在香港三联书店任职期间，经上海国际问题研究所丁幸豪教授推荐，引进出版了美国著名学者哈里·哈丁教授的著作《脆弱的中美关系：1972—1989》。这本书出版后在学界影响很大，我也因此接待了一些访港的外国国际政治学者。在交谈中，我曾向他们问及对中国国际政治学界的看法。有位学者告诉我，中国作为一个大国，有自己的外交战略和政策，但却没有自己的国际政治理论，至今还没有见到中国学者在国际政治学科的主要领域出版的有分量的理论著作。

从那时起，我就决心要编辑一套国际政治丛书，建设具有中国特色的国际政治知识结构。到上海人民出版社工作后，我即找到华东师范大学的冯绍雷教授。冯绍雷教授是中国著名的国际政治学者，尤其在俄罗斯研究方面建树颇多。冯教授对我的想法十分赞同，欣然同意出任"当代国际政治丛书"的主编，同时我们还商定邀请当时国际政治学界颇有影响的中青年学者王缉思、王逸舟、李敏焘、秦亚青、黄仁伟等出任编委，共同编好这套丛书。

说实话，构建中国特色的国际政治知识结构并非易事。中国国际问题学者首先要解决的问题是，寻找和形成国际政治专门领域的学术格局和研究范式，克服宏大叙事、大而化之，不善以小观大、以微达势，以及模棱两可的表述方式；同时要尽快达到构筑国际政治领域独特的概念和范畴体系的高度和境界；更加重要的是，还必须从国际与国内相互关联的角度对当今重大的国际问题作出自己的回答。在中国国际政治学者的共同努力下，这套丛书取得了成功，先后出版了20多种专著，在世界体系、国家主权、民族观念、冲突合作、地缘政治、文明冲突、人权外交、制度选择、意识形态，以及交往机制与结构性问题等领域作出了重要的理论探讨和详尽的实证考察。这套丛书被学界公认为中国国际政治学领域最重要的丛书，不少著作还得到了海外国际政治学界的好评，引起了政府有关部门的重视。

1989年末，东欧剧变，柏林墙破；两年之后，苏联解体，冷战结束。事发于欧洲的这一动荡的历史段落，标志着旧的国际格局已经终结，人类开始迈向新的国际秩序。在这样的背景下，世界各国的国际政治学者，包括蜚声欧美的保罗·肯尼迪、布热津斯基、塞缪尔·亨廷顿、基辛格、约翰·米尔斯海默等，纷纷著书立说，直面国际巨变，预言天下大事，创立新的国际政治理论。如何及时地反映全球国际政治学界新的变化，引进其中一些重要的著作是我一直在思考的问题。在这方面，汪道涵先生最富远见卓识，早在1988年，他就倡议成立了东方编译所，专门选编国际各前沿学科的重要著作。我到上海人民出版社工作后，汪道涵先生经常约我谈话，商量翻译出版国外学术著作事宜，并先后向我推荐了数十种图书。在汪道涵先生的关心下，我们重新设计了"东方编译所译丛"。这套译丛分两个系列：一是国际政治系列，专门介绍世界国际政治学界最新的理论成果，先后推出了布热津斯基的《大棋局》、米尔斯海默的《大国政治的悲剧》、小约瑟夫·奈的《理解国际冲突》（第五版）、查默斯·约翰逊的《帝国的悲哀》、罗伯特·吉尔平的《全球资本主义的挑战》、艾什顿·卡特的《预防性防御》等40多种国际政治理论的重要著作；二是政治学系列。进入新世纪以来，一个高度一体化的世界，已经把各国国内的变迁与国际交往和世界性事务紧密相连，因此，从国际与国内相互关连的角度来审视当今世界发展的水平，潮流的变迁，甚至世风的转换，无论对于学科建设，还是对于战略选择与政策判断来说，都是格外重要，也是格外需要重视的方面。基于这样的考虑，我们先后推出了亨廷顿的《变化社会中的政治秩序》、阿尔蒙德的《当代比较政治学：世界的视野》（第六版）、查尔斯·蒂利的《集体暴力的政治》等近20种政治学著作。"东方编译所译丛"推出后也引起了方方面面的关注，汪道涵先生还多次将其中的一些著作推荐给有关方面的领导同志阅读。

哲学是一切文化的核心，是文明成熟的标志。每一个伟大文明的背后，都有伟大的哲学的存在。王国维曾这样说过："人类一日存，哲学即不能一日亡也。"上海人民出版社创立伊始，就把哲学读物的出版放在十分重要的位置，后来还成立了哲学编辑室，全盛时期有十多位编辑，出版过冯友兰、艾思奇、张岱年、冯契等一批哲学家的重要著作，在社会上和学界影响很大。20世纪八九十年代，在向市场经济转型的过程中，全国哲学读物的出版受到了冲击，上海人民出版社也不例外，以至于到后来哲学编辑室也撤销了。我到上海人民出版社工作后，一直在思考如何继续出版好哲学读物的问题。我认为，一个物质文明飞速发展的中国，不能没有，也迫切需要有与之适应的思想建设和文明建设，需要有自己的哲学家为之思索和前瞻，崛起的中华民族应该再次给人类提供智慧和思想。基于这样的思考，我们在新成立的第四图书编辑部内设立了哲学经济编辑室，并决定推出"当代中国哲学丛书"。我找到了刚刚从德国留学回来的复旦大学教授张汝伦，请他出任主编。我们在80年代中期策划"当代学术思潮译丛"时结下了深厚的友情，张汝伦欣然接受了我的邀请，并请学界中青年哲学家吴晓明、高瑞泉、童世骏、靳希平担任编委。

我们认为，新的历史条件不仅要求哲学有新的思路，也要求它更加直面生活，直面世界及其问题。但这不等同于说哲学不应该有自己的问题。历史上哲学的重大问题无不来自哲学家对现实问题的思考。当哲学家将这些问题上升到理论和哲学层次时，就更突出了它们的基本性和重要性。无论是历史条件还是哲学自身的发展，都要求哲学家，尤其是一流哲学家，将眼光放在那些重要而基本的问题上，放在有远大发展前景的理论与方法上，放在已成为人类宝贵精神资源的伟大思想上。我们还认为，与人文科学的其他学科相比，哲学在中国近代以来的发展是相对落后的。这表现为像政治哲学、法哲学、社会哲学、道德哲学、宗教哲学、艺术哲学和历史哲学等专门哲学门类在中国几乎还是空白。就此而言，当代中国哲学离国际水准和规模还有不小的距离。逐渐建立这些哲学分支学科不仅对于建设当代中国哲学，而且，对于将中国哲学研究提高到国际水准都具有重要意义。"当代中国哲学丛书"希望能在这两个方面对中国哲学的进步作出自己的贡献。10 多年过去了，我们一直在努力，虽然成绩和贡献未尽如人意，但也先后出版了 20多种哲学专著，成为国内目前唯一一套持续出版十五年之久且具有较大影响的哲学丛书。

作为党社，上海人民出版社在党建读物的出版方面也一直走在全国的前列。在这方面特别值得一说的是一套大型图集和一套历史图志。1991 年在巢峰同志的主持下，上海人民出版社编辑出版了大型图集《中国共产党 70 年图集》，这本图集不仅是迄今为止国内规模最大的党史图集，而且打破了党史研究的诸多禁区，把中共党史的研究提高到一个新的境界。江泽民同志为图集题词："为国为民，矢志不渝；前仆后继，百折不挠；愚公移山，众志成城；任重道远，自强不息。""萧规曹随"，我到上海人民出版社后，继承了巢峰同志编辑出版大型图集的做法，与中国人民革命军事博物馆和中国人民革命博物馆合作，先后出版了《中国人民解放军 70 年图集》和《中华人民共和国 50 年图集》。江泽民同志也先后为这两部图集题词："弘扬光荣传统，为建设革命化、现代化、正规化的军队而努力"；"中华人民共和国的成立开创了中国历史的新纪元，站起来的中国人民将对人类作出更大的贡献"。这三部图集的出版得到了中共上海市委的关心和指导。陈至立、汪道涵、龚学平同志分别到上海人民出版社参加了三部图集的审稿工作，提出了许多重要的意见，从而确保了三部图集的质量。

三部图集完成后，如何进一步出版好有关党史、军史、国史的图书，是我们面临的新课题。经过一段时间的酝酿，我和时任中央党史研究室副主任李君如同志策划了一种新的二元结构的编辑体例，分别邀请中央党史研究室、军事科学院、中国人民革命军事博物馆、中国国家博物馆编辑出版《中国共产党历史图志》、《中国人民解放军历史图志》和《中华人民共和国历史图志》。这套图志的编写分为二元。一元是简要记叙中国共产党、中国人民解放军和中华人民共和国的发展历程，对其中涉及的重要内容配置图片，图随文走。另一元是"见证与文献"，采用类似纪事本末体的方式编排，对党史、军史、国史中的重大事件、重要人物、重要文献、重要文物，列条目予以介绍和评述，并以图片佐证。"见证与文献"部分还附有同时段的大事年表。我们力图通过这种图文并茂的编辑方式，系统而简明地介绍我们党、军队、国家的光辉历程；同时又以当事人的回忆或文献档案、图片等权威史料将历史中的精彩华章展示出来，以便广大读者深入了解和学习。这三部图集和三部图志，无论是从史料占有的丰富性或图片素质的优异性着眼，还是就叙述评价的权威性、严肃性，抑或系统编排的完整性而言，都是出类拔萃的，因而均被列入国家重大图书出版规划，并无一例外都获得了"五个一工程"图书奖和国家图书奖，为上海人民出版社赢得了荣誉。

90年代中后期，上海人民出版社不仅是学术出版的高地，文化积累的长河，同时也是畅销书的摇篮。1994年我们策划出版了一套"名人日记丛书"，试图通过日记体的方式来反映著名学者、作家、艺术家对人生的思考，从中找出有意义的东西，给读者一点小小的思想享受。这套从书收有刘吉的《匣中剑声》、沙叶新的《精神家园》、潘虹的《潘虹独语》、赵丽宏的《喧嚣与宁静》、刘心武的《人生非梦总难醒》等七种，在图书市场引起了不小的反响。之后，上海人民出版社的编辑又乘胜在全国率先推出了主持人系列。特别值得一说的是，陈军同志组织策划了赵忠祥的《岁月随想》和姜昆的《笑面人生》，获得了巨大的市场涟漪，其中《岁月随想》一书的销售高达100万册。同期，邵敏等同志主持的"都市女性随笔"系列，大胆地解构了传统的过于意识形态化的创作框架，注重情感情调的表达，很受读者欢迎。该系列共出了20多种，印数都在5万册至10万册之间。2000年，邵敏同志又在青春文学读物领域大胆创新，围绕着动画片《我为歌狂》，推出了校园文学系列作品，取得了空前的成功，累计印数超过300万册，在开卷畅销书排行榜上创下了前15种畅销书中有其七种，并独揽前四名，且连续半年之久的历史纪录。

这一切也得益于经营管理上的快马长缨、收放自如和改革上的大刀阔斧。90年代出版界热衷于运用"目标管理"来激活内部活力，调动编辑人员的积极性。不过也曾出现一些偏差，有的出版社将目标管理等同于目标责任完全拆分的承包经营，于是陷入一统就僵、一放就散的尴尬局面。在认真分析出版管理大环境和上海人民出版社实际情况后，我与郁椿德同志商量研究，认定改革薪酬考核制度乃大势所趋，出版社要发展，必须最大限度地调动编辑人员的积极性，激活内部活力。于是，我们以编辑室为基本考核单位，实行八级超额累进制的目标考核奖励体系，从而极大地调动了全体编辑人员面向市场、拓展市场的主观能动性。同时，我们也清醒地意识到，实行目标管理考核，并不是放弃出版社的长期规划和布局，放任编辑人员各自自由发展，无序竞争，片面追求短期效应；相反，要做到文化责任不能丢，战略不能散，营销要提升，队伍不能乱。为此，我们在加大激励的同时，着力于组织结构和流程的再造。我们重新明确了三个图书编辑部下属九个编辑室的出书定位，同时新设立了第四图书编辑部，下设两个编辑室，专门编辑出版社里下达的中长期出版项目。社里还根据特大型项目编辑出版工作的需要，设立项目性质的编辑部，实行特别考核办法，走出了通行的年度经济效益考核指标限制。例如，《中华文化通志》编辑部历时四年，先后抽调了近 30 位编辑参与其中，很好地完成了这部包括 101 卷图书的特大型工程。组织架构的调整还使上海人民出版社的各个出版方阵、上下游专业队伍都处在最佳的协同状态，提高了工作的效率。

这一切当然更得益于上海人民出版社有一支政治强、业务精、善打硬仗的队伍。60 年来，上海人民出版社先后向全国各地的出版社输送了几十位社长、总编辑，为全国的出版工作作出了贡献。我到社后，一些大型项目之所以能迅速上马并高质量出版，既有赖于班子成员的通力合作，也依倚于一些优秀编辑的努力和贡献。在这里我难以一一列举他们的名字，我只想说，他们是上海人民出版社的光荣和骄傲。

1994 年至 1999 年，是上海人民出版社经受市场考验，初步完成向市场经济转型的时期。在这一阶段，上海人民出版社的经济规模由年造货码洋 4000 多万元迅速上升到 1.2 亿元，同时，更重要的是出版了一批可以藏之名山、传之后世的精品力作，据不完全统计，先后有 100 多种图书获得了国家和省市一级的各种奖励。上海人民出版社还获得了"全国新闻出版系统先进集体"的荣誉称号。不过，最让我高兴的是，在新闻出版总署批准的第二届"全国国民阅读与购买倾向抽样调查"中，由读者投票数据统计产生了全国"读者最喜爱的八家出版社"，上海人民出版社超越人民出版社、商务印书馆、人民文学出版社而位居榜首。读者的认同是一家出版社最大的光荣。

20 世纪 90 年代中后期，应该是上海人民出版社历史上第三个高原时代。

在法兰克福奏响"中国模式"的乐章

原载《文汇报》，2009 年 11 月 22 日

法兰克福是全世界出版人心中的"麦加"，每年 10 月，世界各地成千上万的出版人都会相约来到法兰克福书展"朝拜"，一起分析出版的趋势，交流出版的经验，洽谈版权的交易，策划全球畅销的选题，更重要的是来体验一种职业的荣耀与尊严。我第一次参加法兰克福书展还是在 1992 年，那时我是香港三联书店的总编辑，书展恢弘的规模令我兴奋，大公司的展位个性鲜明，好书目不暇接，吸引我一个个场馆、一个个展位驻足留连，细细观摩，五天下来一双新皮鞋的后跟竟然磨掉了大半。从那以后，每隔二三年我就要去参加一次法兰克福书展，从那里汲取出版的营养，充实自己的头脑，细细算来，我曾先后参加过六次法兰克福书展了。但是，前几次参加书展尤其是第一次给我留下的印象是沉重的，法兰克福书展分明是西方出版人的国际俱乐部，东方出版人的地位十分边缘，版权贸易几乎是单向的，在书展上高谈阔论、展示形象的也都是西方出版人，中国出版人似乎仅有顶礼膜拜的份。

这一次，2009 年第 61 届法兰克福书展给我的则是另一番景象了。受全球金融危机的影响，总体说来，法兰克福书展较往年冷清了许多，以前八号馆（英美馆）里熙熙攘攘、人声鼎沸的情形消失了。据我的估测，八号馆里高峰时期的人流至少比以往少了两成。不仅如此，一圈逛下来，失望的情绪不时冒出，过去那些令人艳羡的展位失色许多，大家新作难以寻觅，至于风靡全球、多语种、多版本的超级畅销书好像确如有的同志所说仅是丹·布朗的《失落的符号》一种。不过，第 61 届法兰克福书展也有亮点，那就是中国举办了一次精彩、成功、圆满的主宾国活动。任何一位走进中国主题馆的人都会受到冲击和震撼，唤起对文化的崇敬和热爱；600 多项文化交流活动充分展示了中国文化和出版的无穷魅力和活力；2417 项版权输出合同则标志着中国出版业开始大步走入世界舞台。全世界的出版商也似乎开始重视中国的题材。即使在八号馆内，英美各大出版巨头也都在中国概念上下了功夫。培生集团下属的企鹅出版公司在其展场的灯箱墙内把包括《狼图腾》《色·戒》在内的 20 多种英文版的中国作家作品的封面整整齐齐排开，将正中央大红色的"China"烘托得分外夺目；而圣智出版集团则将与我们上海世纪出版集团合作的两个系列——"中国改革 30 年研究丛书"和"上海系列"放在了最醒目的位置，并配上了大幅的广告。在五号馆浏览时，我也惊奇地发现，许多意大利、西班牙出版商的摊位也有中国题材的图书。就连已宣布破产出售的意大利著名的美术出版社 White Star 的展场内，我也发现在其陈列的几十种大型艺术画册中，竟然有三种同样名为《中国》的不同画册。漫步在法兰克福书展，不时听到有人在议论，是中国的主宾国活动给这届法兰克福书展带来了勃勃生机，中国出版人的脸上也都是喜气洋洋的，充满着自豪感。

然而，对我来说，最值得自豪的是，2009 年 10 月 14 日下午，我们成功地在法兰克福书展外的玛丽蒂姆酒店举办了一场题为"中国的经济改革与发展（1978—2008）"的大型论坛，奏响了"中国模式"的乐章。包括德国前总理施罗德，中国新闻出版总署署长柳斌杰，2006 年诺贝尔经济学奖得主、美国哥伦比亚大学教授菲尔普斯，世界银行副行长、首席经济学家林毅夫，伦敦经济学院教授阿塔·侯赛因，法兰克福大学教授何梦笔，复旦大学教授史正富，北京大学教授陈平在内的中外政要和著名经济学家在会上作了精彩的演讲。这个论坛最重要的意义在于，它认为西方主流经济学推崇的"华盛顿共识"并非解决一切发展道路问题的灵丹妙药，像中国这样的发展中大国，必须探索具有自身特色的发展道路与发展模式。事实上，中国已经走出了一条不同于西方发展的道路，值得世界许多国家和地区学习与借鉴，中国经验对于丰富世界经济繁荣的路径和理论具有深远的意义。

这个论坛的召开缘自我们于 2008 年底出版的"中国改革开放 30 年研究丛书"。事情还得从 2006 年说起。那年 8 月，为庆贺"当代经济学系列丛书"策划 20 周年，并继续出版好这套丛书，我们在上海浦东干部学院举行了由丛书作者参加的大型出版座谈会。林毅夫、樊纲、张维迎、盛洪、史正富、陈琦伟、史晋川、洪银兴、贝多广、王新奎、蔡昉、袁志刚等 50 多位当年的莘莘学子如今的大牌经济学家，均从世界各个城市和各种繁忙的活动中抽身而出，来到上海参加为这套曾经寄寓他们早年青春热血与梦想的丛书所举办的座谈会。会上，大家回顾了自 1978 年以来中国改革开放波澜壮阔的历史过程，一致认为，总结这段历史，揭示中国经济高速发展的内在逻辑和一般规律，乃至进行理论上的创新，是今天我们这个伟大的时代赋予中国经济学和经济学家的机会和责任。史正富、陈琦伟、林毅夫、张维迎等建议我们组织策划一套丛书系统总结中国改革开放的成功经验和模式，众多的与会者均表示了参与这套丛书的意愿。我欣然接受了大家的这一建议。

会后，经与复旦大学新政治经济学研究中心主任史正富教授商量，我提出了"中国改革 30 年研究与出版工程"的初步计划，由上海世纪出版集团与复旦大学新政治经济学研究中心共同组织实施。史正富教授还筹集了 500 万元的资金，用于支持这个研究与出版工程。之后，我们从两个方面开展工作：一是为保证"中国改革 30 年研究与出版工程"的质量，决定成立学术指导委员会暨丛书编辑委员会，负责特约研究员选聘、研究过程指导咨询和研究成果的质量控制等工作。经广泛征求意见，2006 年底学术指导委员会正式成立，林毅夫、樊纲、史正富、洪银兴等 13 位经济学家和我组成了学术指导委员会，由史正富任主任。二是对"中国改革 30 年研究与出版工程"的课题作了细致的规划，拟定了《课题指南》，设计了 15 项关于中国经济改革与发展的重大课题，涉及经济增长与结构变迁、制度创新与经济改革、公共部门与政府体制、农业改革与农村经济、金融创新与资本市场、对外开放与世界经济、市场体系与经济发展、企业改革与产业调整等，此外，还确定了课题资助办法和拨款方式，课题的申请、评审与验收流程等。

在上述工作的基础上，为保证建立一支一流水平的研究团队，我们于 2007 年上半年开始面向海内外优秀华人学者公开进行研究项目和书稿招标，引起了学界和业内普遍关注。短短的几个月时间，就有来自海内外数十家高等院校和科研机构的近百名学者参与了该项目的投标。学术指导委员会负责课题申请书的遴选和评定工作，经反复筛选和论证，来自中国科学院、中国社会科学院、北京大学、复旦大学、南开大学等单位的近 30 位经济学家承担了 15 项重大课题的研究和写作任务。2007 年 7 月 28 日，"中国改革 30 年研究与出版工程"课题中标发布会隆重举行，上海世纪出版集团、复旦大学新政治经济学研究中心与中标的特约研究员签订了研究和写作合同。

2008 年 4 月，初步的研究成果即初稿出来后，学术指导委员会在北京和上海分别召开了项目中期评审会议，除全体学术指导委员会成员、特约研究员外，还邀请了央行副行长易纲、北京大学副校长海闻等一批经济学家，对中期研究成果进行评估。会上专家们对每项课题成果逐一进行严格的评审，课题研究员当场回应质疑，进行答辩。此后，每个项目的特邀研究员根据评审意见进行修改，到八九月份形成定稿。值得一提的是，为了保证书稿的质量，我们对书稿均采用匿名评审的方式，每个课题至少经过三位专家评审，其中有部书稿先后重复评审了三次。书稿由我们集团所属的格致出版社负责出版，书稿到后，该社全体人员同心协力，全力以赴，仅用了三个月的时间就以"中国改革开放 30 年研究丛书"为名，于 12 月份将 14 种图书一次性推出，获得了学界和业内的广泛好评，被认为是纪念改革开放 30 年学术质量最高的丛书之一。我也亲自参加了此套丛书的决审工作，处理一些疑难问题。

2007 年 11 月，我率团访问美国，深入考察美国数字出版发展情况。在与美国各大出版集团交流时，我特地向他们介绍了"中国改革 30 年研究丛书"，并寻求合作出版英文版的可能。几乎所有我造访的出版企业都对这一工程表示出极大的兴趣。美国圣智学习出版集团 CEO 罗纳德·邓恩先生向我提出，愿意将"中国改革 30 年研究丛书"英文版列入圣智集团的著名品牌"Gale"出版。Gale 是世界领先的针对图书馆、高等院校、科研机构和企业的著名学术品牌，以其准确和权威的参考资料出版物享誉全球。2008 年 10 月，我们与圣智学习出版集团正式签约，共同商定于 2009 年 10 月第 61 届法兰克福书展期间，向全球推出"中国改革 30 年研究丛书"英文版，并配合英文版的发行在法兰克福书展上召开一个有诺贝尔经济学奖得主参加的研究中国经济转型的学术研讨会。

2009 年 2 月，在新闻出版总署召开的"法兰克福书展主宾国筹备会"第一次会议上，我们汇报了"中国改革 30 年研究丛书"（英文版）的情况和在法兰克福书展上举办学术出版座谈会的想法，立即得到了邬书林副署长和张福海司长的充分肯定，并建议我们认真地策划会议的主题，提高会议的规格，举办一个高水准的国际论坛，奏响"中国模式"的乐章。根据新闻出版总署的意见，我们在邀请高水平的中外经济学家作为演讲嘉宾的同时，认真地策划论坛的主题，希望贴近西方学术界的敏感神经，解读中国经济成长的内在规律。

中国经济自 1978 年以来至 2008 年平均 9.8% 的增长速度，以及伴随而来的巨大的社会变迁和进步，为全世界所瞩目，以至于"中国奇迹"已经被全球大多数经济学家所认同。20 年前，东欧剧变、苏联解体后，美国学者佛朗西斯·福山曾满怀激情地写下了他那本闻名全球的著作：《历史的终结和最后一个人》，认为西方模式战胜了最后的对手苏联模式，从此所有的国家将不容选择地走上"西方之路"。中国的奇迹无疑颠覆了福山的结论。在这样的背景下，不同的人开始从不同的角度，运用不同的理论研究"中国模式"，有的还试图为中国的发展画出一个"路线图"。西方主流媒体把中国的奇迹归结于廉价的劳动力、外资的推动、出口的拉动，以及威权政府，意在否定"中国模式"对发展中国家经济发展的意义。西方主流经济学认为，中国经济的高速发展可以用西方制度经济学的产权理论和宏观经济学的内生增长理论来解释，由此鼓吹在中国实行私有化和自由化。西方政治学家普遍相信马克思主义是穷人的信仰，只要经济发展催生中产阶级，中国的政治体制必然回归西方的自由民主法制。他们认为，"一人一票、普选、政党轮替"的民主化是发展中国家实现现代化的唯一路径。我们的不少经济学家虽然看到了中国经济转型过程中中国特色社会主义的独特实验和创新，但却把它归诸经济转型时期的过渡做法，认为中国的发展最终会走向"华盛顿共识"。

由此看来，中国的发展和中国的模式已经不再仅仅是中国人自己的事情，它开始具有了世界的意义。但是，在我看来，中国奇迹的发生并不像上述几种解释所说的那样，而有着自己独特的历史逻辑，值得在更高的层面上加以认真的探讨。于是，在与史正富教授商量之后，我们把论坛的主题定为"解释中国奇迹之谜"，因为新的历史已经开启。我们把这一设想转达给应邀出席论坛的各位演讲嘉宾，得到了他们的认同和支持。这些大牌的经济学家开始认真地准备他们在论坛上的演讲。在法兰克福的玛丽蒂姆酒店，临演讲前，我们看到菲尔普斯教授、侯赛因教授还在修改他们的演讲稿，力求至真。

论坛举行的那天，200 多位中外嘉宾出席了会议，除了柳斌杰和施罗德外，中央文献研究室主任冷溶、国务院新闻办公室副主任王国庆、中国驻德大使吴红波、德国驻华大使施明贤等政要也前来参加会议。柳斌杰署长和施罗德前总理先后在会上致词，阐述了他们对中国奇迹的理解，获得了与会经济学家的共鸣。尤其是施罗德前总理在致辞中高度评价了中国近年来的进步，高度认同中国和欧盟之间的战略互惠关系，认为强大的欧洲不应该把强大的中国当作对手，而应该当作伙伴。施罗德还称赞中国政府在政治、外交上的务实态度，指出这种态度使中国在包括缓和台海矛盾等许多议题上取得了实质性的进展。大家都认为，这是欧洲政治家近期关于中欧关系最具积极意义的重要讲话。

六位经济学家在演讲中则运用不同的理论，分析、总结了中国改革 30 年的发展历程，揭示"中国奇迹"发生的内在原因；同时，展望中国经济的未来走势，以及亟待解决的重要问题。

菲尔普斯教授从西方伦理学的基本命题——人类追求幸福出发，阐述了创新与企业家精神的深刻意义，充分肯定了中国自经济改革以来创新的不断涌流，并建议中国为创新与企业家精神的进一步解放创造体制条件。

林毅夫教授以发展经济学的前沿视角分析了"中国奇迹"的成功之道。他认为中国的发展战略既纠正了违背比较优势的激进跨越，又避免了东欧一些转轨国家的经济休克。中国依据不同发展阶段的比较优势，渐进推动产业升级。与新自由主义思潮的主张不同，中国政府在此发展过程中一直发挥着积极而重要的作用。作为世界银行的首席经济学家，林毅夫试图总结出基于中国和若干东亚国家发展经验的新的发展经济学理论，为发展中国家提供参考，并为经济学理论本身做出贡献。

作为60年代曾以外国专家的身份在中国工作过的著名经济学家，侯赛因教授既总结和赞扬了中国经济改革的伟大成就，又对中国完成现代化的必要步骤以及面临的挑战提出了建议和对策。

何梦笔教授则从社会心理建构与文化人类学的视角，对中国人的价值观进行了饶有兴味的独到分析。他不无惊异地发现，中国文化具有一种极其独特的长远眼光，面对未来的不确定性怀着一种乐观精神，而这便意味着大胆尝试与创新的勇气。

史正富教授从中国地方政府作为改革主体的角色出发，分析了中国改革的内在逻辑及其独特道路，指出中国道路的独特性在于改革治理的三元结构与三维的市场经济。

陈平教授尖锐地指出现有的认识框架都无法恰当地解释中国经验和中国模式。中国实践以其充沛的生命力与突破陈规的发展路径，为人类经验做出了开创性的贡献，同时向人类的自我认识提出了挑战。他认为，中国经济发展的经验在于：一是混合经济的健康发展，远胜于东欧的全面私有化；二是政府角色的重新定位，远超过亚当·斯密"看不见的手"；三是政府和企业发现，市场是国际竞争的手段，而非战略主宰；四是创造了市场经济下民主制衡的新方式；五是发展了新的公平模式。

论坛的气氛非常活跃，专家之间以及专家与听众之间展开了有效的互动。瑞士日内瓦外交与国际关系学院教授张维为特地从瑞士赶来参加论坛，并提出了"中国式学习、创新路径"的问题与演讲嘉宾一起讨论。中国外文出版局局长周明伟告诉我，会后著名主持人杨澜问及林毅夫教授对这次论坛的评价，林毅夫说道，这是一次很有水准的国际会议。

这场高层次、高水准的论坛受到了中外媒体的高度关注，并引起共鸣，CCTV-1"新闻联播"、CCTV-4"中国新闻"都在第一时间发布了论坛新闻，新华社、《人民日报》、《光明日报》、《解放日报》、《文汇报》等都给予了大篇幅的报道；凤凰中文台不仅在第一时间发布了会议新闻，还对参加论坛的经济学家进行了专题采访和报道；德国最有影响的明镜周刊集团旗下的《经理人》杂志第一时间发表了评论；德国的《证券报》、意大利的《经济日报》也分别就此对我作了专访。论坛结束后的第四天，我们在互联网上用谷歌的搜索引擎打入"法兰克福书展中外经济学家论坛"主题词，竟然得到了6670条信息反馈，可见论坛的影响之大。

成功举办了这场关于"中国模式"的论坛后，我不由自主地想说说"西方模式"在全世界发展中国家推行的状况。人们都不否认，西方走向现代化的模式是人类伟大而成功的探索之一，但是西方模式毕竟是在西方的历史、文化的土壤中生长起来的，有着它自身的局限性，盲目地移植会带来诸多的不良反应。张维为教授曾经走访过100多个国家，他告诉我，至今他还没有找到发展中国家通过执行"华盛顿共识"而实现了现代化的例子。西方上世纪八九十年代曾在非洲推行了所谓的"结构调整方案"，大力削减公共开支、减少政府的作用，结果使非洲的国家能力变得更加脆弱，一般认为这是导致非洲国家经济和社会危机、艾滋病严重失控的主要原因。博茨瓦纳是非洲经济增长纪录最好的国家，一直被西方赞美为非洲大陆上的一块民主制度的"沙漠绿洲"，但它离现代化的目标依然是那么遥远，47%的人口生活在贫困线以下，人均寿命只有40多岁。俄罗斯相信了美国经济学家杰弗里·萨克斯的"大爆炸理论"，推行"休克疗法"，今天被很多俄国人称为俄罗斯历史上出现的第三次"浩劫"。"华盛顿共识"要求发展中国家，不管条件成熟与否，都推动资本市场自由化，结果引来1997年亚洲金融危机和后来的阿根廷金融危机，使不少国家的经济倒退了20年。

西方否定"中国模式"的最重要依据在于，中国是非民主国家。其实，他们错了。对待民主的基本认同，我们和他们一样，也认为民主政治虽然并不是最好的政治体制，但却是人类社会目前所能发现的最好的政治体制。问题在于世界上还没有哪一个国家实现了真正理想上的民主政治，西方的民主政治已经进入困境，不能履行它在逻辑上应该履行的功能，至于那种"一人一票、普选、政党轮替"的狭隘、僵化的民主观当然更不适合中国的发展阶段和国情，中国人需要按照实事求是的原则，探索自己独特的民主发展道路。改革开放的30年，中国政府一直在通过渐进而深入的方式，推动政治体制改革，相信经过不懈的努力，一定会后来居上，建立一个繁荣与和谐的新型民主社会。

　　我们肯定"中国模式"，并不是说中国的发展已经尽善尽美。事实上中国在发展过程中也衍生出不少问题，有的还相当严峻，需要认真地加以解决。例如，政府干预过多，造成某些市场难以发育起来；某些体制改革滞后，导致行业垄断和腐败滋生；我们在生态、教育、医疗、社会保险等方面均还存在不少问题亟待解决，这些问题还可以列举更多。在这次论坛上，阿塔·侯赛因教授专门就中国今后十年至二十年所面临的急迫解决的诸如社保体系、流动人口、教育卫生、生态环境等问题，提出了自己的看法和建议，值得我们认真思考并加以改进。"中国模式"需要在解决自身问题的过程中不断得到完善和提升。

当今世界，"中国模式"显然还演变成了一个事关改写人类社会发展理论的伟大事业，所以它在某些西方人眼里总是看不顺眼，这也不是，那也不好。但是，正如著名经济学家张五常教授在其《中国的经济制度》一书中针对西方人士对中国的种种指责所言："不要告诉我什么不对……中国一定是做了非常对的事情，产生了我们见到的经济奇迹。那是什么呢？这才是真正的问题。"他甚至还用了一个比喻来说明这个问题："一个跳高的人，专家认为他不懂得跳高。他走得蹒跚，姿势笨拙。但他能跳8尺高，是世界纪录。这个人一定是做了些很对的事情，比所有以前跳高的人做得更对。那是什么？在不同的内容上，这就是中国的问题。"由此说来，重要的问题在于，历史要求我们总结"中国模式"，历史更要求我们谱写"中国模式"新的篇章。这就是我参加第61届法兰克福书展的感想。

《中国震撼》的出版及其价值

原载《文汇报》，2011 年 4 月 25 日

张维为著《中国震撼——一个"文明型国家"的崛起》一书自今年1月出版以来，引起了较大的社会反响，包括《人民日报》《光明日报》在内的全国几十家媒体均在突出的位置，用较大的篇幅刊登了专家学者的书评文章和对作者的采访报道，一时间好评如潮，市场对该书的反应也很热烈，几度断货，六次加印，累计印数已高达14万册。作为该书的组稿人和决审者，我想谈谈这部著作的出版过程及其价值所在。

　　我与张维为相识于2009年第61届法兰克福国际书展上。那一年为向全球市场推介我们上海世纪出版集团与美国圣智学习出版集团合作出版的"中国改革30年研究丛书"（英文版），我们于书展期间在法兰克福举办了一场题为"中国的经济改革与发展（1978—2008）"的大型论坛。举办这个国际论坛的目的在于向全世界表明，西方主流经济学推崇的"华盛顿共识"并非解决一切发展道路问题的灵丹妙药，像中国这样的发展中大国，必须探索具有自身特色的发展道路与发展模式。事实上，中国已经走出了一条不同于西方发展的道路，值得世界许多国家和地区学习与借鉴，中国发展的模式和经验对于丰富世界经济繁荣的路径和理论具有深远意义。出席这个国际论坛的中外嘉宾有近 200 人，包括德国前总理施罗德，中国新闻出版总署署长柳斌杰，2006 年诺贝尔经济学奖得主、美国哥伦比亚大学教授菲尔普斯，世界银行副行长、首席经济学家林毅夫，伦敦经济学院教授阿塔·侯赛因，法兰克福大学教授何梦笔，复旦大学教授史正富，北京大学教授陈平在内的中外政要和著名经济学家在会上作了精彩的演讲。身为瑞士日内瓦外交与国际关系学院教授的张维为应邀特地从瑞士赶来参加论坛，并提出了"中国式学习、创新路径"的问题与演讲嘉宾一起讨论。会后，我和维为相谈甚深，维为曾走访过 100 多个国家，他告诉我，发展中国家照搬西方模式是有沉痛教训的。西方上世纪八九十年代曾在非洲推行了所谓的"结构调整方案"，大力削减公共开支、减少政府的作用，结果使非洲的国家能力变得更加脆弱，一般认为这是导致非洲国家经济和社会危机、艾滋病严重失控的主要原因。博茨瓦纳是非洲经济增长纪录最好的国家，一直被西方赞美为非洲大陆上的一块民主制度的"沙漠绿洲"，但它离现代化的目标依然是那么遥远，47% 的人口生活在贫困线以下，人均寿命只有 40 多岁。俄罗斯相信了美国经济学家杰弗里·萨克斯的"大爆炸理论",推行"休克疗法",今天被很多俄国人称为俄罗斯历史上出现的第三次"浩劫"。"华盛顿共识"要求发展中国家,不管条件成熟与否,都推动资本市场自由化,结果引来 1997 年亚洲金融危机和后来的阿根廷金融危机,使不少国家的经济倒退了 20 年。维为的这些观察给我留下了深刻的印象。在法兰克福期间,维为、陈平、史正富、石磊和我还在一起讨论"中国道路"、"中国模式"的一些基本特征,如政府主导,实事求是,实验区方式,渐进与增量改革,对外开放,利用资源优势等,大家对"中国道路"、"中国模式"充满着期待和信心,认为这已经不再仅仅是中国人自己的事情,它开始具有了世界的意义。由此,我产生了请维为撰写一部通俗介绍中国模式的理论读物的想法。维为告知,正有这样的打算和计划,于是就有了《中国震撼》这样一个选题。

《中国震撼》的基本立论是,中国今天的崛起不是一个普通国家的崛起,而是一个 5000 年连绵不断的伟大文明的复兴,是一个"文明型国家"的崛起。这种"文明型国家"崛起的深度、广度和力度都是人类历史上前所未见的。它不会跟着别人亦步亦趋,不会照搬西方或其他任何模式,只会沿着自己特有的传统轨迹和历史逻辑继续演变和迈进;在崛起的道路上它可能经历挫折和困难，但其崛起的轨迹和方向已清晰可见，且不可逆转；这种"文明型国家"有能力汲取其他文明的一切长处而不失去自我，并对世界文明做出原创性的贡献，因为它本身就是不断产生新坐标的内源性主体文明。从这一基本立论出发，这部著作通过对100多个国家或地区发展道路的观察，特别是对印度、东欧、东亚等国或地区采用西方模式所导致发展困境的分析及与中国模式的比较等，说明了我们走中国自己道路的重要性和必要性。

《中国震撼》的立意和高度，使它具有多方面的价值。在我看来，这部著作最重要的价值在于完全跳出了"西方模式"的框架来看待中国的发展道路。改革开放已经30多年了，这30多年来我们学习和借鉴了西方许多先进的经验和做法，从而推动了经济的发展，这是值得充分肯定的。但是，在发展模式和发展道路上，特别是在政治制度安排上我们走的是一条与西方国家完全不同的具有中国特色的社会主义道路。对此，我们的一部分同志是不以为然的，总认为中国这些年来所进行的具有中国特色的改革仅仅是过渡期的权宜安排，最终也会与"国际接轨"，过渡到西方模式中去。如果说，在改革开放的初期，由于苏联模式在与西方模式的竞争中落败，人们产生这种"接轨"的想法是可以理解的；那么，在改革开放30多年后，中国的现代化建设取得空前成就，我们的国家已从较为贫穷落后的国家一跃成为世界第二大经济体，我们已经走出一条自己的路时，还抱有这样的想法则属于偏见或糊涂了。张维为在《中国震撼》中以亲身观察告诉我们，今天全世界还没有一个非西方国家取得过模仿西方模式的成功，拉美、东非是这样，东亚、东欧也是如此。而中国的成功正是因为立足于国情和传统走了一条与西方不同的道路。正如北京大学教授陈平所说，"我们是削足适履、屈从西方的价值观，还是实事求是、总结中国文明复兴的经验，这是张维为的观察给中外读者带来的思考。"

　　《中国震撼》的价值还在于在理论的层面对"中国模式"进行了系统的研究和阐述。20多年前，柏林墙塌、苏联解体后，美国学者佛朗西斯·福山曾满怀激情地写下了他那本闻名全球的著作：《历史的终结和最后一个人》，认为西方模式战胜了最后的对手苏联模式，从此所有的国家将不容选择地走上"西方之路"。中国的发展无疑颠覆了福山的结论。在这样的背景下，不同的人开始从不同的角度，运用不同的理论研究"中国模式"，有的还试图为中国的发展画出一个"路线图"。西方主流媒体把中国的奇迹归结于廉价的劳动力、外资的推动、出口的拉动，以及威权政府，意在否定"中国模式"对发展中国家经济发展的意义。西方主流经济学认为，中国经济的高速发展可以用西方制度经济学的产权理论和宏观经济学的内生增长理论来解释，由此鼓吹在中国实行私有化和自由化。西方政治学家普遍相信马克思主义是穷人的信仰，只要经济发展催生中产阶级，中国的政治体制必然回归西方的自由民主法制。他们认为，"一人一票、普选、政党轮替"的民主化是发展中国家实现现代化的唯一路径。我们的不少经济学家虽然看到了中国经济转型过程中中国特色社会主义的独特实验和创新，但却把它归诸经济转型时期的过渡做法，认为中国的发展最终会走向西方模式。

其实，中国巨大变化的发生并不像上述几种解释所说的那样，而有着自己独特的历史逻辑，值得在更高的层面上加以认真的探讨。《中国震撼》对此进行了有益的工作。这部著作提出了"文明型国家"这一新的概念，并把文明型国家的崛起作为全书分析和论述的主线。西方学术界长期以来，一直把"民族国家"与"文明国家"对立起来，认为中国还是一个"文明国家"，尚未完全形成"民族国家"，他们把中国数千年"文明"形态的国家看作是中国建设现代国家的障碍和包袱，认为正是这个原因，中国无法形成具有现代法律、经济、国防、教育、政治的"民族国家"（现代国家）。张维为通过研究，指出，"通过长达百年的不懈努力，我们已经建立了一个由上、中、下三层结构组成的强大的现代国家，形成了空前统一的政府、市场、经济、教育、国防、外交、金融、货币、税收体系。但我们国家又和一般国家不一样，我们'文明国家'的许多传统并未随现代国家的建立而消失。恰恰相反，它们被保留了下来，而且在现代国家的载体中得到了更好发挥"。"今天的中国已经是把'民族国家'与'文明国家'融为一体的'文明型国家'。"张维为进而指出，中国发展的主要原因在于"坚持了自己的发展道路，既学习了别人之长，也发挥了自己的优势，实现了对西方模式的超越，也实现了一个5000年文明与现代国家重叠的'文明型国家'的崛起"。历史告诉我们，在中国5000年文明的基石上，中国共产党领导中国人民经过长期的奋斗，已经初步形成了传统性与现代性有机结合的包括物质文明、精神文明、政治文明、社会文明和生态文明的具有中国特色的社会主义新型文明。《中国震撼》关于"文明型国家"崛起的命题及分析显然具有很高的学术价值，它有助于我们更加深入地总结和理解这30多年来中国改革开放所取得巨大成绩的深层原因，坚定我们走自己的路的决心和信心。民族复兴、现代化和社会主义革命，是中国发展特别强调的三大主题，《中国震撼》在第一个主题的研究方面无疑作出了贡献。

《中国震撼》用三章的篇幅论述了"中国模式"三个非常重要的问题。一是关于"文明型国家"八大特征的分析，作者把它概括为"四超"和"四特"，即超大型的人口规模、超广阔的疆域国土、超悠久的历史传统、超深厚的文化积淀，并由此衍生而来的独特的语言、独特的政治、独特的社会、独特的经济。作者认为，这其中的每一点都包含了传统"文明"和现代"国家"的融合。二是关于"中国模式"八大特点的概括，即实践理性、强势政府、稳定优先、民生为大、渐进改革、顺序差异、混合经济、对外开放。作者认为这八大特点的基础是中华文明，特别是人口、地域、传统、文化这四个"超级因素"，它们大致规范了中国改革开放的路径依赖，规范了中国发展道路的独特性。三是关于中国可能影响世界的八大理念的梳理，即实事求是、民生为大、整体思维、政府是必要的善、良政善治、得民心者得天下与选贤任能、兼收并蓄与推陈出新、和谐中道与和而不同。作者认为这些理念是中国迅速崛起背后的关键思想，作为一种独立政治话语将提升中国在国际社会的形象。我认为，《中国震撼》这三章的分析，构成一个自成体系、有机联系、层层推进的逻辑系统，为我们分析中国和世界提供一个全新的视角。它告诉我们一个重要的道理，一个国家的经济发展要立足于自己的资源状况，一个国家的文化发展不能割断自己的历史传统，一个国家的政治发展要沿着自己的内在逻辑逐步演变。我们当然应该学习西方一些好的做法和经验，我们这么多年来一直也是这么做的，但这是以不放弃自我为前提的。复旦大学史正富教授说得好："我们应在自主的制度框架内去消化和吸收世界上公认的那些优秀的思想观念，再把它放到中国的大熔炉里进行融合，进行筛选，在实践的过程中去寻找属于中国的，又面向未来世界的政治制度、经济制度、价值观念。"

《中国震撼》的价值还表现在对广大读者具有思想上的启迪作用。这部著作体现了张维为亲身观察过全球100多个国家后的思想结晶，全书通过国际比较的方式，摆事实，讲道理，试图让一般读者看清、领悟现在社会上许多似是而非、纠缠不清的问题，书中的论述令人叹服之处比比皆是，值得细细品味。其中关于民主和人权的叙述，良政与劣政的分析，"准发达板块"与"新兴经济体板块"的划分，强政府与民众致富热情的互动，中国与印度发展状况的比较，等等，尤为精彩，值得向广大读者推荐。

我们说"中国模式"，并不是说其一切都好，而是把它视为一种既存事实，重要的是对其利弊得失进行客观分析。《中国震撼》在充分肯定中国模式的同时，也并不回避存在的问题，如书中对民生不易，民力不强，内需不足，环境不支，贫富差距，腐败现象等也时有提及，我在书中还读出了深深的忧患意识和改革的急迫感。但是，正像书中反复强调的，我们这些年所走道路的方向没有错，存在的问题有很多是发展过程中必然要发生的，只要我们头脑清醒，加以正视，认真对待，是可以逐步解决的。

张维为在这部著作后记的结尾中这样说道："中国崛起是人类历史上的一个伟大奇迹。我有时也想究竟如何才能把中国崛起的模式用最简单的语言讲清楚。我想起了邓小平常说的一句话：'如果我有什么专业的话，那就是军事。'作为一个指挥过千军万马的大军事家、大政治家，邓小平知道我们的军队为什么能打仗，因为这是一支与众不同的军队，它有自己的军魂，有自己的历史传承，有自己的战略战术。它取人之长，但从不放弃自己的优势。这不就是中国模式的精髓吗？这种模式指导下的中国能不崛起吗？""走中国自己的路"这条路我们走对了，要继续坚持走下去，这就是《中国震撼》这部著作告诉我们的最重要的道理。

汪道涵与出版工作

原载《中华读书报》，2006 年 11 月 22 日

在长期的出版工作中，我结识了许多高风亮节的领导同志；如果说起对读书生活的热爱、对出版工作的熟悉，汪道涵同志是最让我敬佩的党的高级干部。

我初次认识道涵同志，是在1985年。当时他刚从上海市委书记、市长的任上退下来，担任国务院上海经济区规划办公室主任。那时我在学林出版社工作，担任大型丛书"上海经济区工业概貌"的责任编辑，因为这个机缘，认识了道涵同志。从1984年到1988年，在国务院上海经济区规划办公室两任主任王林、汪道涵同志的领导下，规划办公室组织力量对长江三角洲地区的工业情况进行了长达数年之久的大规模调查研究，取得了大量宝贵的第一手资料，由此前后出版了30多种有关上海经济区工业情况的大型资料工具书。这是20世纪80年代我国关于区域经济状况分析的最大一套丛书，对长江三角洲地区的经济融合和发展起到了非常重要的作用。而在丛书的编辑出版过程中，道涵同志对区域经济发展精深而全面的讲解，每每令我们折服。

道涵同志在上海市委书记、市长任上时，就非常重视出版工作。1982年，根据他的指示和安排，成立了上海翻译出版公司，专门从事科技、经济、管理方面图书的翻译出版工作，出了不少好书，为上海乃至全国的改革开放和经济建设都起了很好的作用。上海翻译出版公司后来改名为"上海远东出版社"，现在是我们上海世纪出版股份有限公司的一员。

1986年，在道涵同志的关心下，上海恢复了三联书店。他指示上海三联书店要抓住上海作为国际经济中心城市的特点，以出版经济管理类读物为核心，办出自己的特色。正是出于上海三联书店出版定位的要求，组织上派我到上海三联书店先后担任副总编辑、总编辑。我们在上海三联书店落实道涵同志的指示，组织出版了"当代经济学系列丛书"。道涵同志对这套书非常关心，当我们听取他的意见时，他也总是给出非常中肯的建议，并把其中的不少著作推荐给有关部门领导，以此来扩大这套丛书的影响，发挥丛书的作用。20世纪90年代后，"当代经济学系列丛书"在学术界有很大的影响，许多图书获得孙冶方经济科学奖；国外有学者评价说，它对新时期中国的经济理论建设具有划时代的里程碑意义，极大地推动了中国经济学从传统向现代的转轨。这样的成绩与道涵同志的指导是分不开的。目前这套丛书已出版了近200种。这套书的作者遍布全国各地,他们出于对道涵同志的仰慕,到了上海,总是提出想见见道涵同志,汇报下研究工作,谈谈想法。道涵同志也总是尽量抽出时间来接待他们,和他们进行良好的沟通。这批作者中的大多数现在都成了中国著名的经济学家,如林毅夫、樊纲、易纲、海闻、贝多广、张志超、张维迎、蔡昉、史正富、潘振民等。

1991年初,根据组织的安排,我到香港工作,先后担任香港三联书店副总编辑、总编辑。临行前,我去向道涵同志话别。当时香港正进入后过渡期,道涵同志勉励我,到了香港,要充分发挥出版工作者的作用,从文化建设方面,为香港的顺利回归、平稳过渡多做贡献。我们按照道涵同志的指示,积极开展工作,团结了一批香港著名学者,策划了"走向1997的香港经济丛书"、"国际瞭望丛书"和"现代政治透视丛书"等颇有影响的图书,很受香港同胞的欢迎。我每次从香港回到上海出差或者探亲,都要到道涵同志那里去,跟他谈香港的情况,特别是香港出版业的情况。道涵同志总是根据我们的汇报,给出很好的意见。

1993年我回到上海,不久担任了上海人民出版社社长、总编辑,和道涵同志的接触更多了。我们在平时的出版工作中,经常征求他的意见；遇到了难题，更是要向他请教。这其间有几件事情，让我非常感动。1995年，我们出版了一本书，事后发现，其中有些内容有所偏差。我们马上向道涵同志征求如何处理的意见，道涵同志以他丰富的政治经验和高度的政治智慧，建议我们马上采取措施，追回这本书，消除不良影响。由于他的建议，我们在处理这件事上比较果断、及时，避免了工作上的被动。我们还经常在编辑出版重大选题时听取道涵同志的意见，例如在编辑《中国人民解放军70年图集》时，曾特意把道涵同志请来审稿。道涵同志对党史、国史、军史都非常熟悉，许多照片，他一看到就如数家珍般娓娓道来。他花了半天的时间对书稿进行仔细的审阅，对书的结构、编排方式、收录的照片等，都提出许多中肯的建议。审阅书稿以后，他觉得这样重要的一本书，一定会对发扬军队的光荣传统、促进军队的现代化建设起到推动作用，于是欣然同意出面请江泽民同志为这本书题词。他认为，江泽民同志作为军队的最高统帅，在建军70周年之际为一部重要的军史图书题词，是非常有意义的。在道涵同志的建议下，江泽民同志为《中国人民解放军70年图集》题词："弘扬光荣传统，为建设革命化、现代化、正规化的军队而努力。"这本书后来获得了"五个一工程奖"。1999年我们编辑出版《中华人民共和国50年图集》时，道涵同志也亲自听取我们的汇报，帮助我们论证、审稿，这对提高书稿的质量起了很关键的作用。

《辞海》、《汉语大词典》、《英汉大词典》是上海承担的三大国家重点文化工程，也是上海世纪出版集团的重要品牌。道涵同志对这三大文化工程极为重视，关心备至。在我的记忆里，《辞海》每次开主编会议，只要有空，他都会参加，并发表意见。给我印象最深的是，他把修订《辞海》的经验，形象地概括为对内"吃四方"，对外"草船借箭"。"吃四方"是指把全国学术界的研究成果集中反映出来；"草船借箭"是指借鉴国外词典编纂好的内容和做法。这的确是词典编纂的经验之谈。对于《汉语大词典》的编纂工作，他曾经说过："你们有困难找我，我是你们的后勤部长。"巢峰同志告诉我，汉语大词典编纂处成立时，两手空空，一无经费，二无办公用房，是在道涵同志的关心下才得以解决这两个困难的。当时汉语大词典编纂处看中了南京军区空军医院在新华路 200 号的花园住宅，希望市政府帮助协调解决。是道涵同志联系南京军区首长征得同意后，由市政府拨款买下这幢房子，又动迁了住在其内的 20 余户居民，才使汉语大词典编纂处有了安身立命之所。

为了让中国的读者具有更为广阔的国际视野，在道涵同志的指导下，20 世纪 80 年代后期，由退下来的老领导、内地和香港的著名学者组建了东方编译所，组织翻译国外重要的社会科学著作，道涵同志亲自担任学术委员会主任。1993年我从香港回沪工作后，道涵同志要我担任学术委员会委员，并负责"东方编译所译丛"出版事宜。"东方编译所译丛"收录了当代国际政治等领域最前沿、最重要的学术著作，其中相当多的图书，都是道涵同志亲自推荐的。我们也会每年报给他一个准备出版的书目，他每次都仔细审阅，提出具体的意见和建议。许多书出版之后，他也会推荐给党和国家的领导人阅读。1999年上海世纪出版集团成立以后，经道涵同志提议、市委领导同意，东方编译所正式并入集团，道涵同志与集团的关系因而更加密切。我们召开的学术研讨会，他只要有空，就过来参加。这些研讨会涉及的领域很广，包括国际政治、党的建设、国际共运、两岸关系、香港问题等，他和来自全国各地的学者一起，就这些重大的理论和现实问题展开探讨，听取大家的意见。

推动海峡两岸出版界的交流是道涵同志十分重视的一项工作。凡是台湾出版界人士前来拜访，道涵同志总是让我陪同接待，商谈沪台合作出版事宜。他还亲自安排我赴台访问交流。1998年秋天，经道涵同志联系，台湾中国时报报业集团董事长余纪忠先生邀请我们一行三人访台一周。在台期间，我们与台湾学术界、出版界开展了广泛的交流，达成了多项合作意向。我在台北作的"大陆出版业发展阶段和前景"的演讲吸引了台湾出版界几乎所有知名人士参加，台湾的主要媒体也对这次交流活动作了详细的报道。

道涵同志非常关心上海世纪出版集团的发展，并为我们提供了许多机遇。2002 年 8 月，当时美国高盛公司的董事长兼首席执行官、现在的美国财政部长鲍尔森到上海访问，寻求在中国扩大业务，拜会了道涵同志。道涵同志就向他建议，可以先与上海世纪出版集团合作，在推进上海金融现代化方面开展一些工作。鲍尔森非常重视道涵同志的建议，当即与我们商定，2003 年 4 月两家合作在上海举办一次大型的国际金融研讨会。因为"非典"的原因，这个研讨会取消了，但 2003 年 9 月，高盛公司还是派出"华尔街女股神"艾比·科思等高层管理人员到上海来，参加我们两家举办的高峰论坛，发表演讲。道涵同志就是这样，一有机会，就想方设法为我们提供合作的机会、发展的机会。他先后介绍台湾地区、香港地区乃至欧洲的许多大企业家和其他知名人士到上海世纪出版集团来，为双方的合作架起桥梁。

道涵同志对出版的关心，来自于他对图书的热爱。熟悉道涵同志的人都知道，他对图书的热爱，真是到了痴迷的程度。

在我的印象中，道涵同志身体比较好的时候，一个星期总要两到三次去逛书店。让人感动的是，他每次去书店，都是以普通读者的身份，站在书架旁翻书。我记得有一次，因为身体不适，道涵同志竟然昏倒在书店里。他这种以读书为第一需求的精神，让包括我在内的很多出版人肃然起敬。许多老营业员、老读者对他都非常熟悉，见了就和他打招呼，说"老市长又来看书了！"他也很亲切地与大家交谈，和大家讨论哪些新书有意义、哪些版本有价值等。道涵同志也是通过这种方式，与群众广泛联系，体察民情，了解信息。

在我的出版生涯中，陪道涵同志逛书店有很多次了。1992年，道涵同志因为两岸关系问题到香港。尽管公务十分繁忙，他还是让秘书打电话给我，说想到香港三联书店来看书。后来在香港三联书店中环门市部里，道涵同志待了一个下午，和我们一起翻书看书，讨论香港的经济问题，指示我们在这方面多做些研究、多出些好书。

道涵同志博览群书、中西贯通，他尤其对当代国际政治有精深的见解，对这方面的著作十分熟悉。在工作中，经常会有国际友人赠书给他，他每年都会把一些重要的书派人送给我们，让我们看一看是否有出版价值。像布热津斯基的《大棋局》，就是经过道涵同志的推荐，我们安排翻译出版的。现在回想起来，道涵同志这些年来总共向我们推荐了100多种图书。其中相当一部分，我们经过仔细的研究，觉得有重要的出版价值，就组织专家学者认真翻译，奉献给广大的读者。

2001年德国著名哲学家哈贝马斯访华，经过我们的安排，道涵同志会见了他。当时正值北约轰炸南联盟之后，哈贝马斯秉持"人权高于主权"的观点，对北约这一行为是表示支持的。道涵同志同他展开了讨论，从历史和现实的高度，从学术和政治的角度，委婉而又坚决地指出，《联合国宪章》规定的首要原则就是国家主权平等原则，并由此引申出不干涉别国内政、和平解决国际争端等原则为基础的整个现代国际法体系。只有在国际社会共同认定为"大规模粗暴侵犯人权的行为"时，国际社会才可以授权联合国，进行干预，而且这种干预还必须依照国际法规定的程序，使用合法手段来进行。北约绕过联合国安理会对一个主权国家悍然使用武力，并导致1800多名平民丧生，是难以容忍的。听了道涵同志的阐述，哈贝马斯也不得不表示尊重。这件事情，既展现了道涵同志的学养，也充分地表现出他坚定的原则性。

道涵同志自己有精深的学养，他对从事出版工作特别是出版管理工作的同志，也有较高的要求。有一件事情，让我至今记忆犹新。那是2003年，道涵同志有一次向我了解中国出版业的状况，询问到各地出版人队伍的状况，特别是高层管理人员的状况。当听到各地出版战线的"一把手"有不少是党政干部从其他岗位上转岗而来时，他非常感慨。他说，新中国刚刚成立的时候，从事出版管理的同志都是行家里手，像国家出版总署的胡愈之同志、徐伯昕同志等，像上海市新闻出版局的罗竹风同志、宋原放同志等，都是有几十年经验的一流的出版家。他觉得从事出版管理的"一把手"，应该更多地从出版界内部产生。让党内的内行人来管理专业性、政治性比较强的部门，是我们党多年来在文化领域的成功经验，应该坚持。中华人民共和国成立 50 多年了，我们应该比建国初期更有条件做到这一点。他说，如果以后有机会，要把这个意见向党和国家的领导同志认真地反映一下。

在多年的出版生涯中，汪道涵同志是我终生难忘的智者。他对图书那么热爱，对出版那么熟悉，对出版的规律认识得那么深刻，对出版在国家文化建设中的作用那么重视，都让我受益匪浅。回想起来，他的音容笑貌，时常在我眼前浮现。"水长思泽惠，山高忆德风"，他对于我个人的帮助，对于上海世纪出版集团的帮助，令我永远不会忘记。

感念夏征农

原载《读书》，2009 年第 10 期

夏征农同志，夏老离开我们快一年了，《辞海》第六版的编纂出版工作在新任主编陈至立同志的领导下也已经完成并面世了。此时此刻让我想起了夏征农同志。

最早听人说起夏征农这个名字还是在我的中学时代，那是20世纪60年代中期。那时夏老的儿子夏晓鲁与我同在上海市五十四中学念书，而且还是同一个年级。夏晓鲁有极好的身体素质，是当时学校的体育尖子，很受同学们的瞩目。1966年初，"文革"风烟将起，学校的政治气氛也越来越浓，对我们这些涉世未深的初中学生来说实在是迷茫得很。"五一六通知"下发后不久，同学之间纷纷在传"夏晓鲁的父亲、华东局宣传部部长夏征农被打倒了，原因是一贯'右倾'，反对江青"。之后，我的许多同学的父母也相继被打倒了，从革命者变成了"反革命修正主义分子"。"文革"结束后，在揭批"四人帮"的过程中，我才知道了夏老被罢官的原委。

1965年6月，夏老在上海抓华东地区京剧汇演，江青此时正在上海搞她的"样板戏"，江青对京剧汇演丝毫不感兴趣，要夏老抓"样板戏"。对此，夏老把江青的话顶了回去，说："我们只能搞半成品，搞好后再给你去搞成样板戏吧。"不仅如此，夏老还在京剧汇演闭幕式的总结发言中指出："如果有样板戏，那也应该分层次，有不同要求。省市应该有省市的样板戏，地区有地区的样板戏。应该发动戏剧界人士大家来搞。如果只有一种样板，只有几个样板戏，这能占领社会主义戏剧舞台吗？"这下可惹恼了江青，事后江青向华东局负责同志提出要免去夏老的部长职务，由张春桥接替。

同年11月，姚文元的《评新编历史剧——〈海瑞罢官〉》在《文汇报》发表，夏老其时正在南京，他读后认为，姚文元文章的结尾把《海瑞罢官》说成是反党反社会主义，这太过分了，并打电话给华东局宣传部和江苏省委宣传部说："做出这样的结论，谁还敢参加讨论？"回到上海后，夏老对华东局要求宣传部三天汇报一次对姚文元文章的反映不以为然，把"球"踢了出去，说道："这事宣传部管不了，应该由办公厅来管。"这下夏老又一次触犯了江青。

1966年5月，在中央的一次会议上，江青发言大批夏老如何反对京剧革命，如何反对毛泽东思想，由此夏老被免去华东局宣传部部长的职务，成为"文革"开始后，上海第一个被罢免的高级干部。从夏老在"文革"中被罢免的前后经过，我们可以看到一个老共产党人坚守真理、坚持原则的铮铮铁骨。

第一次与夏老面对面接触还是在 1989 年冬，我当时担任上海三联书店总编辑。一天接到夏老秘书的电话，说夏老约我和上海三联书店总经理林耀琛同志去谈一套理论读物的策划想法。在讨论中，夏老说道，80 年代中期以来，"马克思主义过时了"，"社会主义失败了"，"共产党不行了"，"社会主义不如资本主义"等等，成了部分青年学生的日常话题，也频频出现在我们的一些报刊上，这向我们提出了严峻的挑战。"六四"政治风波和东欧剧变之后，一个非常重要的问题摆在了全党面前，那就是重新认识什么是资本主义，如何看待当代资本主义；什么是社会主义，如何坚持社会主义，以及社会主义道路的前途和命运问题。夏老指出，中国共产党人作为马克思主义者，从建党起对于科学社会主义就从来没有迷惘动摇过，当然不会因为苏东之变而移易理想和信念；但是苏东剧变提醒我们，坚持什么样的社会主义道路至关重要。夏老认为，应该从人类社会变迁、当代资本主义发展的大背景下来认识社会主义的历史使命，而不是简单地从教条出发去实践社会主义。从夏老的一席谈中，我感受到了夏老扎实的马克思主义理论功底和实事求是的思想风范。他既有坚定的信仰和理想，从不放弃原则，又能秉持与时俱进的开放胸襟，拒绝僵化，反对教条，直面中国的现实问题，迎接理论的挑战，解答社会各界的疑问。他认为那些希望放弃社会主义选择，主张走西方资本主义道路的人不懂得中国的历史，尤其是中国近代史，不懂得中国的国情和文化积淀。当时夏老已是耄耋之年，但头脑却十分冷静和清醒，在时代潮流清浊交织的时候，不随俗，不孤高，而是为党和人民擦亮理论的明灯，照亮历史的前程。这令人佩服，这种境界恐怕不是单靠读书思考写文章能够抵达的，还需要经历复杂的时代风云的颠簸才能历练而成。在夏老的组织和指导下，上海三联书店后来出版了"时代新论丛书"，作为主编，夏老亲自为这套丛书撰写了序言。

1993 年我出任上海人民出版社社长兼总编辑，不久又兼任上海市新闻出版局副局长，记得是 1995 年，夏老约我去他家谈出版他的文集的事宜。我有幸与夏老促膝而谈，夏老娓娓细说他不平凡的人生经历，对他的思想、学问、人品有了更具体的了解。在编辑出版夏老文集的过程中，我系统地通读了夏老各个时期的文章，其中既有理论文章，也有诗歌、小说、戏剧，还有散文、随笔等，涉及的内容既有关于党的路线、方针、政策的阐述，也有思想文化建设方面的思考，还有对大众关心话题的解释。通过这些文章，我不仅了解了夏老对政治、经济、文化、艺术等不同主题的真知灼见，而且越发感受到他在各个历史关头之所以都能"耳聪目明"，勇于探索，敢于担当，是因为他善于思考，能将马克思主义理论融会贯通，同时致力于与中国革命、建设的实际密切结合起来。夏老的文章，不仅理论著述是这样，文艺作品也是如此。每篇小说，每首诗歌，都是现实的反映，针对现实，歌颂什么，反对什么，爱憎分明，充分体现了一个马克思主义者的战斗精神，这是值得我们认真学习的。

夏老在政治上的"定力"还集中体现在他主持四个版本的《辞海》编纂工作上。我是从 1995 年起开始参与《辞海》编纂的，后来还担任了《辞海》的副主编。辞书具有一个时代知识标准与思想文化价值的"立法权"，是当代史志的标准尺度。《辞海》则是当代中国辞书中最重要的品牌，以至有"对不对，查辞海"的美誉。然而如何做到"不左不右，不偏不倚"，并非易事。我始终认为，在粉碎"四人帮"后那个特殊年代，只有像夏老这样久经磨砺的、坚定的马克思主义者才能挑起《辞海》主编的重担。《辞海》常务副主编巢峰同志曾多次向我谈起 1978 年的故事。当时夏老以 75 岁高龄出任《辞海》第三任主编，倡导"求实"原则，不唯上，不唯书，只唯实。实事求是成了解决《辞海》编纂中各种问题的钥匙。夏老就是实事求是、勇于担当的典范。比如，从 1957 年毛泽东主席指示修订《辞海》后，《辞海》出现了两个"内部发行"的稿本，即 1965 年的"未定稿"和"文革"中的"修订稿"。在编纂《辞海》1979 年版时，遇到了采用哪个版本的问题，夏老旗帜鲜明地亮出了自己的观点："修订稿"是极左路线的产物，应以"未定稿"为基础。这一"定调"，保证了 1979 年版《辞海》的修订方向，也为出版界拨乱反正开启了先河。

当时，《关于建国以来党的若干历史问题的决议》还没有发表，"两个凡是"的思想仍有市场，于是，许许多多疑难问题摆在了编辑部的面前。"无产阶级专政下继续革命"、"阶级斗争"、"路线斗争"、"文化大革命"这些条目怎么写？国民党以及涉及台湾的条目怎么写，陈独秀、瞿秋白、刘少奇、林彪、康生、谢富治等人物怎么写？夏老凭着长期革命斗争的敏锐和坚定，果敢地指出："坚持实事求是，尊重客观事实！"为此，《辞海》常务副主编罗竹风专程去北京，就有关问题听取中央有关部门的意见，花了 20 多天的时间，未果。在这样的情况下，巢峰同志在夏老和罗老的支持和鼓励下起草了一份《〈辞海〉处理稿件的几点具体意见》，共 8 条 39 款，大胆地否定了一系列"左"的提法和观点。对这份意见也有不同的声音，领导部门又不愿意轻易表态，夏老听了汇报后当即说道：

"我敢于定。如果有错误，我这个主编负责。"今天回头再看当年夏老、罗老和巢峰同志对于《辞海》1979年版重大政治条目的把握，不得不惊叹他们的眼光和尺度，这需要多么大的政治勇气和开放无私的胸襟啊。

1981年初，新版《辞海》出版一年多，夏老就确定要"10年修订一次"。他高瞻远瞩，指出："《辞海》是一部综合性的工具书，在编纂过程中有个吐故纳新的问题。什么词汇已经过时了，不适用了，大家不会去用，就可以去掉；有些新出现的词汇要收进去。吐故纳新，这是很重要的一条。"因此，有了《辞海》1989年版、1999年版和刚刚问世的第六版，有了"求实"和"求新"的辞海风格，使《辞海》得以公正权威、常出常新，成为广大群众最为信赖的大型工具书。

夏老虽然离开了我们，但是回想起他的事迹，重读他的文章，仍然感慨万千。我一直在想，我们党之所以能推翻三座大山，建立新中国，能在改革开放的伟大历史进程中取得巨大的成就，很重要的一个原因就在于，我们党内有一批像夏征农同志那样久经考验、真正掌握马克思主义精髓的老同志。他们总是按照党章要求自己：既不能隐瞒自己的观点，也不掩盖自己的缺点错误；既反对附和盲从，又反对自由主义；既坚持党的基本理论和原则，又勇于突破框框大胆创新。这是多么难能可贵的品质啊。今天，我们要在改革开放新的历史征途中实现中华民族的伟大复兴，培养一大批真懂马克思主义，真干社会主义，为共产主义理想无私无畏、奋斗不息、勇于创新、甘于奉献、敢于担当的接班人乃当务之急。愿夏老的精神似一股永远的春风，吹暖我们的心，鼓舞我们不断向前，向前。

王元化的文化自觉

原载《中华读书报》，2008 年 5 月 21 日

王元化先生是上海宣传系统的老领导，也是学富五车的学者和真诚求索的思想家，他的学养、识见、品格都令人感佩。我与元化先生早在上世纪 80 年代中期就认识了，但直到 1991 年春天才第一次与元化先生有机会长谈。那年根据组织的安排，我去香港三联书店任总编辑。临行前，元化先生把我叫到他的家里，面交我几部有重要学术价值的书稿，嘱咐我在香港出版。其中包括他自己的学术随笔集《思辨发微》，由此我也有幸成了元化先生著作的编辑。那一次他与我谈的更多的是对出版工作的理解和认识。他说，做出版应该有一种执着、虔诚、踏实的热忱，要有提高全民族、全人类文化水准的使命感。这话给我留下了极其深刻的印象。从那以后，我与元化先生的接触逐渐多了起来，每次从香港回沪，一有机会都会到他家里小坐，聆听他关于文化建设的思路和见解。1993 年我回到上海出版界工作后，与元化先生的交往就更多了，不时从他那里接受各种重要的出版项目，听取其不断深化的对思想、文化、社会的新思考。其中，印象最深的是他对在市场化过程中文化价值的失落和国民文化素质滑坡的痛心和忧虑，以及对于新文化建设的热忱。他的谈话极富启发性，不惟意境高远，还绵密严谨，无论是对古今、中西作品睿智的评论，还是新意迭出的选题设想，都充满着极为可贵的文化自觉与自信。

《古文字诂林》、《李济文集》、《盛宣怀档案全编》是元化先生亲自向我交待的三个大型文化出版工程，从中我感受到元化先生的文化眼界和境界。

大约是 1995 年的一天，我接到元化先生的电话，当时我在上海人民出版社社长任上，还兼任着上海市新闻出版局副局长。电话中元化先生告诉我，陈至立、金炳华、龚学平等市委、市府领导要去华东师范大学视察上海古籍整理出版规划重点项目《古文字诂林》进展情况，他希望我也去看一看。在华东师范大学那间 100 多平方米的项目工作室里，元化先生指着一万多只资料袋对我说："文字学研究是弘扬优秀传统文化的重要基础工作，传统国学没有这种精细的文字工作打基础，等于是空中楼阁。"他还希望出版社提前介入这项大工程，如此，学术编辑的鉴赏、甄别功底才会显现出来，研究者与编辑的合力才会显现出来，学术精品才能顺利诞生。之后，我们按照元化先生的意见，编辑提前介入、费时八年出版了这套皇皇 12

卷、迄今为止规模最大的古文字汇释类工具书，构建起一座中国语言文字学长城，前承祖先，后传子孙，在中国文化出版史上留下厚重的一页。《古文字诂林》还荣获首届中国出版政府奖。令人感动的是，这部巨著出版后，人们在版权页上并没有找到元化先生的名字，其实，他不仅是项目的发起者，还是推动者、指导者。有人就此询问他，他淡然一笑，回答说："我就是要破这个例，现在学风不好，学术界猎名之风很盛，我毕竟不是古文字专家，挂这个名做什么。功劳都在编纂组，他们不容易。我们这些人就是要做些敲边鼓的事。"与元化先生交往，总能被这些闪耀着人格风范的言行所感动。

李济先生文集的出版也成就于元化先生的一次约谈。作为我国著名人类学和考古学家，李济先生声名显赫，却又默默无闻。著名学者李学勤先生曾经说过："现代考古学真正系统地在中国展开，是从 1928 年李济出任中央研究院历史语言研究所考古组主任后，主持对殷墟进行发掘开始的。"2000 年的一天，元化先生约我去庆余别墅叙谈。他告诉我，由著名学者张光直先生与李济之子李光谟先生共同编选了八年的五卷本《李济文集》遭遇到了出版困难。在半个多世纪的学术生涯中，李济先生写下了大量关于中国人类学、考古学、上古史研究的学术论著，但是由于种种原因，这些文字没有在内地系统地结集出版，很可惜，这些文字都是足以"潜入历史、化为永恒"的瑰宝。元化先生问我上海世纪出版集团能否出版这部具有重大文化价值的学术著作。我们欣然接受了这个重要选题，后来还将之列入国家"十一五"重点图书规划。经过多年的努力，2006年，在李济先生诞辰110周年之际，近500万字五卷本的《李济文集》出版了。这一年的7月13日，安阳获得全票通过，被联合国评为世界文化遗产。从李济到王元化，我们看到的是一代中国知识分子的风范。李济先生有一句话，我觉得可以看作是他，也是元化先生为代表的这一代知识分子的心迹："中国民族以及中国文化的将来，看我们能否培植一群努力做现代学术工作的人。"这是李济先生写给张光直先生信里的话，我想这也是给我们今天从事文化出版的人的寄语。

盛宣怀是晚清重要的政治人物，也是商业巨子，长期生活在沪上。"盛宣怀档案"是上海图书馆馆藏中最珍贵的近代史文献资料。这批档案总约17.5万件，总字数约在1亿字左右，上起1856年（清咸丰六年），下迄1936年，历史跨度达80年。十年前，元化先生就和胡绳、顾廷龙先生等人，不约而同发出整理、开发盛档的呼吁。元化先生说："盛宣怀档案的存世数量之大，内容之丰，涉及面之广，罕有匹配。更重要的是，它对近代中国史和近代上海史，具有填补空缺的作用，可以补史之阙，纠史之偏，正史之讹，是一项具有现实意义与历史意义的文化工程。"他吁请社会更多有识之士来关心、支持这件彰显中国文脉、有益后代的大事。在市委、市委宣传部的关心和领导下，上海成立了盛宣怀档案出版编纂委员会和盛宣怀档案研究中心，元化先生不顾年老体迈亲自出任这两个机构的主任，主持开发整理这项具有现实意义与历史意义的文化工程。这项出版任务也由他信任的上海世纪出版集团承担，我也有幸担任这两个机构的副主任。目前我们已抽调了重要的编辑力量投入到这项工作中去，争取早日出版这一巨著，以完成先生未竟之业，告慰先生在天之灵。

元化先生对文化出版工作的关心和支持远不止上述三个大项目。就拿上海世纪出版集团来说，我们先后完成的《续修四库全书》、《中华要籍集释》、《陈澧集》、"海外汉学丛书"、《申报》与《申报索引》、"熊十力作品系列"等一批有重大文化积累价值的出版工程也都凝聚着元化先生的智慧和心血。更使我们自豪的是，元化先生的著述有 10 多种由上海世纪出版集团出版。像奠定他在文学理论研究领域重要地位的《文心雕龙创作论》，首先就由上海古籍出版社出版，后来又修订更名为《文心雕龙讲疏》；反映他作为思想家成就的《思辨短简》，最早也由上海古籍出版社出版，后来演变出来的《思辨发微》、

《思辨随笔》、《思辨录》、《沉思与反思》等思辨系列，大多也交由集团下属各出版社出版；近年来，像《清园谈戏录》、《读莎士比亚》这些文化评论作品则由上海书店出版社出版。

元化先生的心中，中华文明的延续与光大，是国家崛起、民族复兴的基石，他同时也洞悉到，在全球化、市场化的时代激流中，文化主体性的确立、文化自觉的形成都十分艰巨，这不仅是因为文化自觉本身有一个复杂而又艰辛的过程，而且在于它赖以成长的外部环境在现阶段还不尽成熟。西方著名经济学家麦克尔·波特在《各国的竞争优势》一文中曾经对经济发展阶段的划分、动力及特征有过精彩的描述。他把经济发展的过程分为四个阶段：第一阶段为"要素驱动阶段"，发展的主要动力来自廉价的资源，如劳动力、土地、矿产等；第二阶段为"投资驱动阶段"，这是以大规模投资和巨大规模生产为主的发展阶段；第三阶段为"创新驱动阶段"，这是以技术创新和新技术带来的利润为特征的发展阶段；第四阶段为"财富驱动阶段"，这一阶段，由于人们对个性的全面发展和非生产性活动（艺术、体育、音乐、保健、旅游等）的需求大大增加，及由此带来的生产性投资和生产活动的衰退以及以前积累的国民财富的消耗，成为其基本特征。经济学家一般认为，只有在经济发展的后两个阶段才会产生对高雅文化以及高等社会科学研究的市场需求；而中国目前正处在前两个阶段，又经历着从传统计划经济体制向现代市场经济体制转变的巨大变革。在这样的背景下，一方面对高雅文化和学术研究等非生产性活动缺乏足够的市场需求，市场对文化的需求主要局限在通俗和流行的层次上；另一方面，经济体制的转换导致一些传统价值观念的破灭，而经济的快速增长又为文化在低层次上运作创造了新的机会。这两方面因素交互作用的结果，便导致中国文化工作者中一部分人难免缺乏文化的责任和自觉。

从市场需求的角度看，在通俗和流行的层面做一些出版文化工作，以获得可观的经济效益，这无疑也是一种理性的行为，本无可厚非。但是，如果我们的文化出版工作者仅仅顺从于市场"短视"的本性，不从长远发展的高度来看待文化建设和文化自觉对一个国家、一个民族甚至全人类的重要性，那将是十分危险的。从这个意义上来讲，元化先生对当今文化现况的痛心和忧虑是值得我们认真重视的。也是从这个意义上来讲，学界从 20 世纪 90 年代初中期起一直延续至今的关于"人文精神"的讨论是很有意义的。在市场经济的面前，文化界应该有对文化的自觉，对真理的担当，对人类前途的关心。在这方面元化先生想得更远，2001 年，他曾经说过："这些信念和追求并不只是一些光秃秃的冲动与形式化的口号，而是有内容的、考虑后果的、负责任的。"

"斯文有传，学者有师"。王元化先生的文化自觉精神值得我们纪念和发扬。

老署长宋木文

原载《文汇报》，2016 年 3 月 29 日

宋木文同志是原国家新闻出版署署长，我们这一辈出版人爱称呼其"老署长"。老署长是1972年才从艺术教育岗位转到出版领导机关工作的，那一年他43岁，因此他常说自己是"半路出家"搞出版。一搞就是43年，43岁成为了他人生的一个分界。然而这"半路出家"后的43年，是他参与、领导、见证中国出版业波澜壮阔的改革和发展事业的生命历程。世事沧桑，这一页的历史正在翻过，回首往昔，评说他是我国新时期出版工作最重要的领导人之一，可以说是毫无异议。在我与他有限的接触中，给我留下的深刻印象是坚毅又平易，老署长一方面心怀大志，勇于改革，敢于担责；另一方面则洞明世事，体恤下情，善于沟通，善意而不失原则。

　　我是1977年开始从事出版工作的。"文革"结束后，经过几年的拨乱反正，出版工作得到恢复，渐入快速发展的轨道，出版界当时碰到的主要问题是原有的计划经济体制和出版政策严重地束缚了出版业的发展，亟待调整。例如，严格的图书定价管制，制约了出版业的发展，尤其是限制了小印数学术图书的出版，造成了学术著作出版难，科学界反应十分强烈。当时我在出版社编辑岗位上，对此深有感触。1987 年，我接受了《光明日报》记者的采访，就进一步改革图书定价制度发表了意见，引起社会各界的关注。1989 年，我完成了国家新闻出版署研究项目"中国出版业面临的困难和出路"，其中对图书价格管制问题作了细致的经济学分析。指出，图书价格管制制度，不计成本，不问需求，在客观上只有利于大印数图书的出版，而为小印数图书设置了障碍，即：印数越小，成本越高，则利润越低或亏损越大；印数越大，成本越低，则利润越多，成本与利润由于印数不同形成"剪刀效应"。在那份研究报告中，我大声呼吁，为适应中国出版业已从卖方市场转向买方市场的转变，应进一步放松图书的价格管制，直至全面放开图书价格。针对当时出版界存在的"一旦书价放开，书价就会暴涨，图书消费就会受到打击，市场就会萎缩"的担心，我还指出，放开书价，政府不再管制书价，不等于说书价可以不受任何力量约束，书价在市场上实际可定多高，将受到供给方竞争的约束，因此，只要出版社之间存在竞争，并对定价产生显著影响，那么书价就绝不会暴涨，也不会持续上涨。后来，新闻出版署的同志告诉我，老署长读过此文后说，"陈昕的这篇研究报告为放开一般图书的价格管制，进一步推动图书定价制度改革提供了理论基础"。

其实，老署长是新时期书价改革的领导者和实施者。1984年，他在文化部出版局代局长任内，针对全国出版社普遍存在的因成本上升而导致入不敷出的情况，在充分调查研究的基础上，提出了调整图书定价的报告并报中央批准后在全国实施，解决了当时全国出版业发展的一大难题。之后又于1988年、1993年对图书定价制度进行了第二次和第三次改革。至此，我国的书价制度基本上纳入了市场调节的轨道，除教科书外，对其他图书，国家只做宏观调控，具体价格由出版社根据纸张成本、印刷工价和发行册数自主决定。

图书价格是关涉民生的一个重大问题，因此，每一次书价的调整都会引起社会上的不同反响。1984年图书价格调整后，书价增长幅度较大，引起了广泛关注，中央一些领导同志也对图书涨价特别是教科书涨价过高提出了严厉批评。在巨大的压力下，老署长对少数出版社出现图书定价管理不严的情况主动承担责任，并举一反三，在全国范围内开展书价大检查，同时又积极向上沟通汇报，实事求是地说明了此次书价调整的必要性、增长幅度较大的原因和改进的意见，得到了胡乔木等中央领导同志的理解和支持。之后，经中央有关部门商定，将一般图书与教科书的定价作了分别处理："对一般图书继续执行1984 年中央批准的调价方案，对中小学课本和大专教材，则以国家补贴的办法，既保持低价水平，又使出版社有微利收益。"2010 年，我完成了《中国图书定价制度研究》一书，曾登门拜访老署长，听取他的意见，并希望他能为这本书写序，谈谈新时期以来书价改革的过程及其对中国出版业快速发展的意义。老署长欣然允诺，并向我详细介绍了三次书价改革的过程，还特别讲了胡乔木同志在 1984、1985 年书价改革调整发生波折时，为呵护出版工作所体现出来的党性原则、组织观念、大局意识和实事求是的精神，并给我看了胡乔木同志 1985年 11 月 29 日为书价改革致胡耀邦、万里、李鹏同志的信。胡乔木同志对出版工作的关心，老署长的作为，体现了一种强烈的担当精神，让人感动。

1989 年春夏之交的政治风波过后，全国出版界都处于反思和整顿之中，不少同志压力很大，一些工作时有停顿。在这一历史关头，如何调动出版工作者的积极性、主动性和创造性成了搞好出版工作十分重要的一环。1990 年春，根据中央领导同志的意见，新闻出版署党组经过多次讨论研究，拟订了抓好出版繁荣的十项措施，以《关于当前抓好出版繁荣的汇报》呈报中央。随后，老署长带领一行人到上海调查研究，探索推动出版繁荣的具体思路。我当时在上海三联书店任总编辑，有幸出席了宋木文同志召开的会议。会上，老署长做了"多出好书是出版部门的永恒主题"的报告，主旨思想有二：一是抓繁荣必须坚持解放思想，坚持创新的精神；二是抓繁荣必须控制图书品种，着重提高图书质量。这个讲话紧紧联系出版界的思想实际，解疑释惑，既澄清了那些在自由化思潮中搞乱了的思想、理论问题，又深刻阐述了如何繁荣出版事业，为人民提供更多精神食粮等重大现实问题。讲话中有一个细节给我印象很深。在谈及上海出版的地位时，老署长语重心长地对大家说，上海是全国重要的出版基地，具有举足轻重的地位，他负责全国出版工作之后，胡乔木同志曾特别交待，上海的出版具有悠久的传统，有许多优秀的出版社，对上海的出版社不能当作地方出版社来看待，要视作国家队，充分发挥他们的作用。老署长在上海的讲话后来在《新闻出版报》上刊发，极大地调动了上海出版界乃至全国出版界的积极性，出版业的面貌为之一变，迅速形成了"多出好书，繁荣出版"的生动活泼的局面。老署长转达的胡乔木同志对上海出版工作地位的指示这么多年来一直牢记在我的心头，把它作为鞭策自己搞好出版工作的动力。在我主持上海世纪出版集团工作的 16 年中，每当出现冲击出版工作的社会思潮和行为时，我总会忆及胡乔木同志和老署长的讲话，励己励人，不忘"多出好书"这个出版工作的永恒主题，努力成为一代又一代中国人的文化脊梁。

老署长是我国出版业改革的先行者和领导者。他对出版改革的推动主要分为两个节点：一是始于 80 年代初中期的书价改革、出版政策调整和出版管理机构建设等；二是 1992 年邓小平同志南方谈话发表后对出版改革的部署和推动。尤其是第二个节点的改革涉及出版社体制和发行体制的根本改革。在出版社改革方面提出了转换出版社经营体制、扩大出版社作为市场竞争法人实体的自主权、完善社长负责制和出版社内部的经营管理等；在发行体制改革方面提出了进一步放开图书批发渠道和批发折扣、建立和完善图书批发市场、充分利用社会力量发展各类图书销售网点等。当然，老署长对出版改革的推动远不止上述所涉，例如在他的任上还就出版单位转企改制、政企分开、组建出版集团等重大改革课题进行过认真的调查研究。应该说，老署长所领导和推动的出版改革为 1999 年后我国出版业的全面改革奠定了很好的基础。

1993 年 10 月，老署长退出新闻出版署领导岗位后仍然关心着出版改革的工作，2002 年和 2005 年他曾分别在中央宣传部召开的座谈会上介绍以往的出版改革历程，并对当前改革提出建议。同时他还在报刊发表了许多文章，探索社会主义市场经济条件下出版体制的改革问题。更难能可贵的是，老署长还经常利用各种机会向在第一线工作的同志了解当前出版改革的情况，大家也都愿意向老署长倾诉改革过程中的喜悦和烦恼。2012年春节过后我去看望老署长，谈话中老署长说及，最近有同志向他反映新闻出版总署一年一度的全国新闻出版局长会议改变了以往的惯例，只有经济规模排名前十位的出版集团才有资格出席，他问我是否有此事。我如实地向老署长汇报说，上海世纪出版集团作为全国出版改革试点单位之一，自1999年初成立以来年年都参加全国新闻出版局长会议，但今年的全国新闻出版局长会议确实没有通知我们参加，总署有人传出，原因在于我们集团的经济规模没有达到标准。老署长听后对我说，以出版集团的经济规模大小作为参加会议的标准实在让人匪夷所思，出版集团毕竟还是精神文明建设的部门啊。上海是全国出版的重镇，上海世纪出版集团是全国出版改革的排头兵，上海的出版社是多出好书的标兵，理所当然地应该出席全国新闻出版局长会议，不能简单地以经济规模大小来衡量一家出版集团重要与否，更应该看它在国家文化建设上所起的作用。而且即便是看经济规模，也不能简单地把上海这样只整合了部分出版社资源的出版集团与那些出版、印刷、发行三位一体的出版集团作比较，这不合理。事后，我听说老署长在新闻出版总署召开的老同志座谈会上，就此事直率地谈了自己的不同意见，引起了总署领导的重视。以后每年总署开全国新闻出版局长会议之前都会专门召开全国出版集团工作会议，全国三四十家出版、发行集团的老总悉数出席，研究部署改革发展出书工作。

20世纪80年代初中期，在选拔国家出版局领导人时，著名出版家、国家出版局代局长陈翰伯同志曾说过，"宋木文没搞过出版，但让他管出版，对出版有好处"。这话看似有些悖论，但陈翰伯同志之所以举荐宋木文同志，在我看来另有深意，不仅是因为老署长有把出版当作一项伟大事业来献身的使命感，更是因为老署长人格上的丰满，既具有事业至上、勇于承担的胆气，又有纵横捭阖、上下融通的特质，再加上极强的行政能力，让同时代的出版人愿意团结在其周围一起奋斗。

老署长宋木文值得我们纪念。

刘杲：对出版的一份神圣与纯粹

原载《文汇报》，2011 年 9 月 24 日

刘杲同志是我敬重的出版界的前辈和领导，这份敬重完全发自肺腑，而且随着时间的推移，见过的领导越多，敬重的程度越深。最近几年，我一旦有些重要的想法和做法，包括困惑和不解，总想第一时间向刘杲同志诉说，好在现在有了互联网这一工具，使一切交流都变得非常容易。

　　其实，我与刘杲同志并没有在一起共过事，他也没有做过我的顶头上司。上世纪 80 年代初刘杲同志担任国家出版行政管理部门领导时，我还是一个刚刚步入出版行业的新兵，无缘与中央一级的部门首长直接对话。第一次近距离见到刘杲同志是在 90 年代初，当时我在香港三联书店担任总编辑，刘杲同志来港公干，顺便来香港联合出版集团看望大家。初次见面，最强烈的感觉是他身上有一股气，叫气度也好，气质、气韵也好，让人觉得温暖、和顺，却力透智慧和锐气，说话声音不高，但充满了洞察力，耐人深思，给人启迪。我意识到他不仅是一位领导，还是一位出版行家。原来，刘杲同志 60 年代中期随湖北省委书记赵辛初同志调京之后一直在出版界工作，从文化部出版局到国家出版局，再到新闻出版署，因此，他见证了半个世纪中国出版的蹒跚与腾飞，亲历了改革开放之初出版业的气象初开，格局巨变。他曾参与主持了三个全国出版五年规划的制定与实施，直接参与和领导了一系列重大出版工程，包括上海出版的皇皇巨著《汉语大词典》；他曾担任过著作权法起草小组和出版法起草小组的组长，今天中国出版领域最重要的法规条例的出台都与他有关。

1993 年底，刘杲同志从新闻出版署领导岗位上退下来，转任中国编辑学会会长，不仅倾力于编辑学理论建设，还热心提携中青年编辑。1995 年，中国编辑学会内专门设立了中青年编辑研究会，由胡守文和我分别担任正副会长，一批优秀的中青年编辑，如龚莉、王建辉、俞晓群、曲仲等均参与其事。同年，刘杲同志还从编辑学会不多的经费中挤出专款，策划了"中青年编辑论丛"，资助中青年编辑出版个人论著，并亲自为论丛作序。我的第一本编辑论著《编匠心集》就有幸收入其中，拙作出版后，刘杲同志还以《读〈编匠心集〉》为题，在《中国图书评论》发表文章，给了我许多鼓励，令我感动。这些都拉近了我和刘杲同志的距离。2006 年，承复旦大学出版社社长贺圣遂同志厚爱，该社出版了我的《中国出版产业论稿》

一书，应我的请求，刘杲同志又欣然为该书作序，关切之情，溢于笔端。

刘杲同志对中青年编辑的关心和爱护是缘于对出版事业的热爱，是基于他一以贯之的出版理想，希望我们的出版事业后继有人。什么是刘杲同志的出版理想呢，我们从他的著述中可见端倪。离开领导岗位后，刘杲同志的文章仍时有发表，我不管多忙，都要在第一时间细细研读。他的文章简洁明快，标题就是立场，譬如《文化产业首先要讲文化》、《出版：文化是目的，经济是手段》、《牢记出版工作的神圣使命》、《关键在于精神文明建设和市场经济体制的结合》、《我们是中国编辑》、《理论创新是学科建设的灵魂》等，读来十分舒展，十分振奋。在这些文字的深处，我读到了一位老出版家的坚定和坚守。在时代大潮面前，他重视出版社的现代企业制度建设，强调出版企业要增强面向市场的能力，提倡出版信息化、国际化，但对出版娱乐化、商业化始终保持一分清醒；他始终提醒我们，要把握好度，不能因为市场的喧哗、利益的诱惑而失守底线，不能变为小平同志批评的那种"混迹于"出版界的"唯利是图的商人"；他反复强调编辑之魂在于文章的品质，文字的灵性，思想的光辉，精神的魅力。在刘杲同志的心底，对出版工作有一份永远的神圣，有一份透明的纯粹，用以对抗当下滚滚而来的市侩化、市俗化，这是何等难能可贵啊。

长期以来，出版的历史其实就是一部进步主义的出版史。关于出版的本质和价值，人类有许许多多美好的描述，如高尔基的"书籍是人类进步的阶梯"，雨果的"书籍是造就灵魂的工具"，培根的"读书在于塑造完善的人格"，等等。我最喜欢的是赫尔岑的一段话："书是和人类一起成长起来的，一切震撼智慧的学说，一切打动心灵的热情，都在书里结晶成形；在书本中记述了人类狂激生活的宏大规模的自白，记述了叫做世界史的宏伟的自传。"读来让人热血沸腾，激动不已。但是，当出版度过"高兴的时代"和"核算的时代"，进入"资本的时代"后，一切似乎都发生了根本的变化，一切凝固的东西都烟消云散了，进步主义的出版史产生了危机，"一切向钱看"在一定程度上左右着相当多的出版人的行为，出版业有沦为大众娱乐业附庸的危险。这种情况不仅在中国，在全世界都发生着。面对这样严重的挑战，今天的出版人应该像我们的前辈刘杲同志那样在心底里对出版工作有一份神圣和纯粹，有一份坚定和坚持，唯其如此，我们才可能在今天这个"资本的时代"，在努力面向市场的过程中，驯服资本，利用资本，开创出"启蒙大众、追求进步"的出版史的新篇章。

巢峰：经济学家与出版家的完美统一

巢峰同志是我走上出版工作的引路人。

1977 年我从部队复员回到上海，被分配到上海市出版局组织处任干事，一年多后经反复请求，组织上终于同意我到局资料室从事资料工作。我从 1971 年起即开始广泛阅读马克思主义经典作家的著作，1973 年后我的阅读兴趣逐渐集中到政治经济学领域。70 年代末的上海市出版局资料室收藏有几乎完整的"文革"前出版的经济学著作，这对我来说简直是如获至宝，于是开始了长达一年的系统的经济学著作阅读之旅。之后，我也尝试做一些经济学的研究，于 70 年代末 80 年代初，先后在《文汇报》、《社会科学》等报刊上发表了《按劳分配不是按劳动产品的价值分配》、《社会主义全民所有制内部存在商品生产》等多篇论文。这些文章引起了巢峰同志的注意。经过几次交谈，1980 年巢峰同志将我借到上海辞书出版社从事《简明社会科学辞典》和《西方经济学名词解释》两部工具书的编辑工作，从此我走进了编辑出版这一神圣的殿堂。细细回想，在我的编辑出版生涯中，巢峰同志一直是我最重要的提携者。1981年，他约请我一起编写政治经济学普及读物；1984年，他指定我担任大型资料工具书《上海经济区工业概貌》的责任编辑，带领10多位青年同仁编辑出版这一30卷本的皇皇巨著；1993年，巢峰同志向组织上推荐我去上海人民出版社接任其社长、总编辑的职务；1995年、2003年、2009年又先后推荐我担任《辞海》编委、副主编和常务副主编，参与《辞海》第五版和第六版的修订审稿、编辑出版工作，等等。可以这么说，我在编辑出版工作中迈出的每一步都得到了巢峰同志的关心和帮助；而巢峰同志的学问和出版实践更让我受益良多。

巢峰同志是我国老一辈马克思主义经济学家，在经济学界久负盛名，曾长期担任上海经济学会会长，如同当年商务印书馆张元济先生高票当选中央研究院院士，人才济济的上海经济学界推举一位学府之外的出版家担任领军人物，足以表明巢峰同志不凡的学术威望与理论功力。

巢峰同志最重要的经济学论文，大多发表在粉碎"四人帮"后拨乱反正年代。他以独立思考的理论勇气、敏锐犀利的学术洞察、实事求是的科学精神，对经济社会中的一系列重大问题进行了深入的研究。例如，《论生产力发展的动力》一文，针对当年理论界陈陈相因的"生产关系决定论"，大胆提出了

"生产力中人与物的内在矛盾是生产力发展的内在动力，而生产关系的作用只是生产力发展的外在动力"的几近颠覆性的观点。

《谈谈社会主义基本经济规律》是巢峰同志比较重要的一篇经济学论文，是其 1980 年在上海经济学会年会上所作的学术报告摘要。那时我刚刚加入上海经济学会，出席了这次学术活动，巢峰同志的报告给我留下了极其深刻的印象。他联系五六十年代我国社会主义经济建设经受的两次大的破坏情况，探讨了社会主义基本经济规律的主要要求，分析了违背社会主义基本经济规律所必然导致的国民经济比例失调乃至经济危机，甚至会出现社会主义公有制变质的严重后果。基于此，巢峰同志提出了"国民经济既要制定生产计划，也要制定生活计划"，"不仅要处理好积累与消费的关系，还要合理安排好积累与消费各自内部的比例关系"，"实行体制改革，使公有制企业直接面对市场，对消费者负责"。在改革开放之初，理论界尚处在拨乱反正的"阵痛"之中，巢峰同志就触及了我国经济改革的核心问题，实在是难能可贵。

巢峰同志是老一辈经济学家中较早将消费列入政治经济学研究对象的学者，他认为："消费是生产的终点，生产必须在消费中完成"，因此，"消费是生产的目的，背离目的生产就会导致经济危机"。他还对物价改革、企业竞争、技术协作与经济联合等经济学界"烫手"的话题提出自己独到、独立的见解。从现代经济学的角度看，巢峰同志的论文大多只是发现问题，而少有对问题背后的原因及其机理的分析；但是，这些文章毕竟抓住了当时经济社会生活中最为重要的一些问题，掀起过激荡血肉的思想冲击，至今读来"余温"犹在。

巢峰同志以其丰富的政治历练和厚实的经济学涵养投身中国的出版事业，他曾执掌过上海辞书出版社、上海人民出版社这样的大社名社。理论与实践的砥砺催生了他在出版研究领域的不凡建树，他是最早将政治经济学的理论与方法引入出版研究的人，不仅率先提出了"出版经济学"的概念，还从实际出发确定了中国出版经济学的基本框架、核心命题、主要范畴，如图书的商品属性命题，二元价值的背离与统一，出版行业的组织行为特征，图书市场竞争的基本态势和规律。筚路蓝缕，以启山林。如今，出版经济学在中国已得到学界的认可，巢峰同志开疆拓土的贡献不可轻估。

改革是当代中国出版业的主潮，几十年间大潮迭起，而巢峰同志总是挺立潮头，成为中国出版改革最早的探索者和实践者。对于改革的终极目标，巢峰同志非常明晰，是实现两个效益的平衡、协调发展。对于长期困扰出版业的体制转型这一核心问题，他不仅有理论层面的深入思考，更有实践层面的大胆推动。他从战略管理、市场运营、人力资源、企业文化等诸多方面，大处着眼，谋划布局，还具体设计了出版社体制改革的方向、路径、步骤，强调关键是塑造市场主体，激活竞争，建立客观、公正的绩效评估体系。他亲自主持领导了上海人民出版社、上海辞书出版社的组织重造、流程变革、绩效评估等工作。他熟知当代国际出版业购并、重组的外在趋势与内在动力，认定规模化、集约化是中国出版改革步入市场化的重要方向，但必须以产业思路来推动集团化建设，处理好行政推动与经济推动、"大船"与"小船"、横向与纵向、综合与专业、主业与他业、规模与效益的关系，尤其要处理好出版行政管理部门与集团的关系。他深知中国出版改革的艰巨性，一是传统体制、观念的惯性难以短期突破，出版改革出现诸多方面的"二律背反"的"疑难杂症"；二是新媒体的迅速崛起，人们的资讯生活、媒体消费发生了巨变，图书供给与需求的平衡正在发生倾斜。2005 年，他还提出了中国出版业出现"膨胀性衰退"的命题，强调要通过出版改革来解决这一问题，从而激起了业内热烈的讨论。

巢峰同志是当代出版家中的"帅才"，主持过一系列重大的出版项目。他目光远大，帘卷天高，是《辞海》《大辞海》

这样的关系到全民族文化建设的大型文化工程的主持者之一，曾先后具体组织了四个版本《辞海》的修订编辑出版工作，在当代出版史上绝无仅有。他曾写过很多关于编辑出版《辞海》的文章，其中既有辞海的编纂方案、修订原则、稿件处理意见，也有工作报告、情况汇报，还有往事回忆，综合起来看，实在是一个不可多得的极有价值的大型品牌工具书编纂实践的典型案例。令人敬佩的是，从他起草的《〈辞海〉(合订本)处理稿件的几点具体意见》中，我们可以看到老一辈革命家夏征农和出版家罗竹风、巢峰等不唯上、不唯书、只唯实的出版精神。1978 年 10 月，国家决定在 1979 年国庆前出版新版《辞海》。编纂新的《辞海》最困难的问题是确立正确的指导思想，当时中央工作会议和十一届三中全会正在相继召开，新的正确的思想路线已经提出，但贯彻落实这条路线的阻力还相当强大，一系列重大理论问题和实际问题还没有结论。一个个疑难问题纷纷提到编辑部，"阶级斗争"、"路线斗争"如何写，"文化大革命"、"无产阶级专政下继续革命"如何写，领袖人物如何写，历史人物如何写，国民党以及台湾问题怎么写，"苏修"、"美帝"怎么写等等。在得不到上级指导的情况下，在夏老、罗老的主持下，巢峰同志起草了这一文件，共八条三十九款，对上述这些疑难问题一一提出具体处理意见。这些问题，现在看来已不成为问题，在当时却要冒极大的风险，不少同志好心地规劝巢峰同志"勿为天下先，不要好了疮疤忘了痛"，当巢峰同志把这一劝告告诉罗竹风同志时，罗老诙谐地说："砍头不过碗大的疤，大不了再打倒。"这是何等可贵的出版精神啊！"八条三十九款"处处闪耀着解放思想、实事求是这一马克思主义的精髓，是值得我们这一代出版工作者认真汲取的宝贵财富。事后，国家出版局在《出版工作》上转发了这一意见，作为全国出版社处理书稿类似问题的基本准则。

巢峰同志长期耕耘在辞书的编辑出版岗位上，还担任过中国辞书学会的会长，养成了严谨的学风和编风，树立了"一丝不苟、字斟句酌"的辞海精神，出版了一大批高质量的品牌辞书，带出了一支高度负责、精益求精、咬文嚼字、辨微识疵的职业辞书编辑队伍。对于社会上一度刮起的私编滥制辞书之风，巢峰同志予以严厉的批评，他组织辞书界痛斥了"王同亿现象"，张扬了辞书出版人的浩然正气。巢峰同志在辞书界德高望重，但从不因循，相反，他脑子里不断爆出串串创新思维与创新项目。"鉴赏"本是针对典籍名篇的个体习得，是一种接受审美行为，鲜有专门辞书出版，但以巢峰同志为首的上海辞书出版社领导层经过调研，意识到这里有"标准化"的文史路径提示与"序列化"的知识储备，于是策划出版了《唐诗鉴赏词典》、《宋词鉴赏词典》为代表的一系列"鉴赏词典",至今已有近百种,赢得了良好的社会反响,同时也取得了上好的市场业绩。

我与巢峰同志交往也长,关切也深,他的品德与文章、思想与作风都是我所景仰的,每读他的文章,想起他的作为,都激发起我们这一辈人的"接力"意识。出版事业如高山,前辈们抵达的海拔,正是我们的起点。

引领潮流的出版家赵家璧

在中国新文学运动激荡的百年历史中，出版人始终是一个不可或缺的重要角色，他们既是作家与作品的发现者、批评者、作嫁者，也是文艺新知与新潮的推动者，还是这个时代文艺大树的浇灌者、培育者。因此，人们常常感叹：伟大的时代呼唤着和造就着伟大的作品、杰出的作家和优秀的出版人，其实，他们也一同造就着这个伟大的时代。

　　赵家璧先生就是其中的一位优秀的出版家，他不仅参与了中国新文学、新艺术生活的建构，同时也参与了文学和艺术市场的营造，引领着文艺创作与阅读的潮流。我们今天追忆他的业绩，怀念他的精神，为的是激励后来人像他那样真诚，那样执着，那样奋进，成为博学多识的编辑，成为文学艺术发展的领路人，成为引领潮流的出版家。

　　赵家璧先生的出版生涯始于20世纪20年代末，先是编辑学生刊物《晨曦》、《光华年刊》，大学一年级时有缘结识良友图书公司的伍联德先生，被延揽至门下，以半工半读形式编辑

《中国学生》月刊。1931年，他策划了综合性文艺小丛书"一角丛书"，前后共出版了80种，不仅在商业上取得成功，还得以结识一大批文坛名家与新锐。1933年初，他又策划编辑"良友文学丛书"，期间，得到鲁迅先生的提携；当得知赵家璧发愿将文艺出版作为终身事业时，鲁迅先生告知"这里面大有学问"；于是，赵家璧便格外地用心用力，使得"良友文学丛书"名家云集，佳作纷呈。这期间，在鲁迅先生的支持下，他还出版了麦绥莱勒的"木刻连环图画故事"。1934年，他受"内山书店"赠送的"日本文学体裁汇编丛书"编纂体例的启发，策划了著名的"中国新文学大系"（一辑），分主题与体裁将作品、作家、评论、研究资讯汇于一卷，对中国新文学运动第一个十年的思想、艺术脉络进行了清理与拓展，选家、评家均为中国文学界一流学者与作家，蔡元培总序，每个分册前另有长篇序论，鲁迅、胡适、周作人、茅盾、郁达夫、朱自清、洪深、郑振铎、郑伯奇、阿英等分别主持分册的编选与评论。出版后大获好评，市场业绩也十分可喜。这期间，他还策划与编辑了"良友文库"、"中篇创作新集"、"苏联童话丛书"、"万有画库"、"世界短篇小说大系"、《徐志摩全集》等。抗战期间，良友公司因战乱而破产，赵家璧仍在"孤岛"坚守文化事业，组建了良友复兴图书公司，出版了郑振铎的《中国版画史》（4

卷）、《中国版画史图录》（20卷）等，不久歇业。1943年，良友复兴图书公司在桂林复业，他继续编辑出版"良友文学丛书"。抗战胜利后，赵家璧先生与老舍合作成立了晨光出版公司。1946年，他策划了"晨光文学丛书"，老舍的《四世同堂》，巴金的《寒夜》、《第四病室》，钱锺书的《围城》，师陀的《结婚》，耿济之译作《卡拉马助夫兄弟们》等著作都被收罗在该套丛书中。1947年秋，在郑振铎的安排下，他于晨光出版公司推出了由费正清推荐、郑振铎等人组织翻译的20卷本"美国文学丛书"。中华人民共和国成立后，他以"晨光世界文学丛书"名义继续出版外国当代文学新作。1953年后，赵家璧先生转任上海人民美术出版社副总编辑、上海新文艺出版社副总编辑。晚年出任上海市版协副主席、中国版协副主席。赵家璧先生晚年笔耕不辍，撰写了大量回忆文章，结集了《编辑忆旧》、《文坛故旧录》、《书比人长寿》等书，给我们留下了珍贵的出版史料。

赵家璧先生的出版生涯无疑是辉煌的，也是精彩的，当他23岁，还是在读的大学生时就策划了"一角丛书"；25岁主持"良友文学丛书"编务，广交天下文豪；26岁与全国顶级作家、学者对话，负责立意宏阔、卷帙浩大的"中国新文学大系"的选编与出版。成功一方面出自他的自信与天分，更源自他的勤奋与智慧，他的创新意识和探索精神，他遇事琢磨的习惯，他强烈的序列与结构意识，他的丛书与套书策划情结。赵家璧先生一生中很少游离零散地组稿，而是一个系列、一个系列地推出新作、佳作；一个创意、一个创意地去拓展，不断丰富自己的创造力。譬如，"一角丛书"的创意一方面来自他的期刊编辑经验，也受他在西书铺里看到的一套"蓝皮小丛书"（64 开，一个专题一册，售价一律 5 美分）的启发，第二天就与专管出版印刷和成本核算的同事商量研究，用半张白报纸作 64 开，得 64 页，小号字体能排 1.5 万字，售价 1 角，3000 册保本，于是，"一角丛书"就上马了。这套书不仅售价低廉，而且倡导短小精悍的文风，反对高头讲章，最初计划每周出版一种，全年 52 种，吸取了定期出版物的运作模式，增加了市场的期待。"中国新文学大系"的策划与出版更是源于他创新的冲动，在组织了几套大型丛书的出版之后，他觉得原有的模式比较被动，常常是先有一个编辑意图，定一个丛书的主旨，划一个范围，然后坐等来稿，或闻讯去组稿，一般是作家写什么，出版社出什么，或者说争取到什么出什么，而既有的出版资源是有限的，别的出版社也在出版同类的丛书，这样的书在市场上很容易被湮没掉。这种编辑模式叫做"从无到有"，编辑处于完全被动的地位。赵家璧先生觉得应该由被动变主动，通过编辑的创造性策划，引导作家和学者"从无到有"，由编辑发现、整合文艺界和学界的潮流交汇、思想结晶，锤炼成"雪球心"，然后组织动员更多的作家、学者共同努力，将"雪球"滚大，每一个领域，都要动员最顶尖的泰斗来领衔，来丰富最初的策划，同时激发最广泛深入的市场反响。

赵家璧先生不仅是一个优秀的创意者，也是一个虔诚的倾听者、周到的服务者，在与众多一流的作家、学者的合作中，他总是谦恭地倾听，有求必应地服务，默默地操持。譬如，在"中国新文学大系"编选过程中，他充当着总资料员和文字编辑的双重角色，许多选编需要的原始文献都是赵家璧先生从各家图书馆、旧书店以及阿英等收藏家那里一本一本寻访、搜求而来，最后奉上各位专家案头的。这才使得选编工作进展顺利，还吸引这些专家、学者们乐于第二次、第三次与他合作。他就是这样默默地参与文本的创新。此外，良友图书公司考究的用纸，精美的印刷，精致的装帧，快捷的出书周期也都是作者所欣赏的，但这背后有多少出版人的周密运筹和琐碎的协调，常常超出一般人所料，赵家璧先生却总是乐此不疲。他就是这样事无巨细，丝丝入扣地"张罗"出作者和读者的满意度与忠诚度来。在他看来，出版工作不拘琐屑方能成就大事业。

文化的使命、优秀的创意、竭诚的服务，是赵家璧先生编辑精神之所在，是其成为出版大家的原因之所在。我们每一位出版界的后来者，尤其是青年编辑都应该从赵家璧先生的出版生涯中寻找到那一支支职业精神的"红烛"，燃烧自己，烛照时代，烛照未来。

赵家璧先生的精神与我们的时代同行，他永远活在了中国出版史上。

编辑大家胡道静

原载《文汇报》，2012 年 5 月 24 日

经过四年的努力，值此胡道静先生百年诞辰，皇皇七卷本《胡道静文集》出版了。掩卷沉思，我想到的是编辑的品格和传统。

　　上海是中国近现代出版的发祥地，商务、中华、大东、世界、开明五大出版机构均诞生于此，隆盛一时。这里的编辑、出版文化土壤十分丰厚，孕育了一大批出版家、名编辑，形成了自己的品格和传统。晚清有王韬、梁启超、吴友如、邹代钧等，民国有张元济、陆费逵、邹韬奋、夏丏尊等，不胜枚举。他们职业抱负高远，学术造诣精深，文化气象博大，编辑功力深厚；他们将出版作为启蒙民众、救亡强国的利器，深入到出版物创意、运筹的方方面面，策划、编辑、加工、著述，皆为翘楚。这是多么可贵的品格和传统。中华人民共和国成立后，告别烽火，步入建设，出版机构虽部分离沪北迁，但上海出版界依然弦歌不绝，名家辈出。他们多以昌明学术、复兴文化为己任，排除纷扰，潜心向学，饱学精编，成绩斐然。道静先生是他们中的一员。这种品格和传统同样值得肯定和继承。

上世纪 50 年代至 80 年代，是道静先生驻足编辑岗位的重要岁月。那时出版界弥漫着理想主义的气息，流淌着精英主义的气质，以学养为底蕴的职业"书感"被极力推崇，学者型编辑成为大家最神往的称号和归宿。深度介入书稿的"纠错、提升、评价"能力被视为编辑的看家本领，编辑的职业意义与价值在很多出版人的心里被定义为学术和文化上的贡献，编辑不仅决定着社会精神生活的走向与品质，还直接参与社会学术进程的建构，读书（问学）、编辑、写作三位一体就是当时编辑工作生活的真实写照。

道静先生是典型的学者型编辑。作为学者，他是中国著名的古代科学技术史、新闻出版史、上海地方史、古典文献学的专家，著作等身。他的《梦溪笔谈》整理和研究，创造性地把古人用于经籍的笺注方法，运用于具有重要史料价值的笔记。《梦溪笔谈校正》问世后，得到了国内外的普遍重视和高度好评。顾颉刚盛赞说"有似裴松之注《三国志》"，胡适读后说："此人造诣甚深，算了不起。"法国、英国、日本的学者均给予了极高的评价。1981 年道静先生被国际科学史研究院选聘为通讯院士，同年还被任命为国务院古籍整理出版规划小组成员。作为编辑，他任责任编辑的《中国丛书综录》，共收录中国古籍丛书2797部，包括七万多种图书，体例完备、归类准确、查检便利，填补了中国古籍丛书领域没有完备工具书的空白；而为李约瑟先生八十华诞所编《中国科学史探索》一书则体现了他高超的编辑策划能力，这部著作组约了中、英、美、法、日、比利时、荷兰、瑞典、加拿大、澳大利亚、新加坡等11个国家科技史学者的30余篇论文，堪称中国科技史研究领域的重要事件。李约瑟得知这一消息后十分感动，说："这是中国给予西方人士最大的荣誉，只有《明史》为利玛窦立传一事可以比拟。"

道静先生对编辑工作的热爱和执着也令人肃然起敬。1958年起动的《中国丛书综录》被列为向国庆十周年献礼项目，为了确保质量并赶在国庆节前出版，这部书稿打破惯例，以卡片方式发排，而道静先生则卷起凉席，驻厂编校。白天，他在车间审阅发排的卡片；夜里，就在车间一角席地卧睡，中夜班排校工人遇到问题，随时唤他起身处理。就这样在印刷厂排版车间度过了整整一个夏天。在编辑《中国科技史探索》的过程中，为了向约稿的学者告以与论文集编辑出版的有关要求，或答复学者提出的问题，道静先生经常宵衣旰食、焚膏继晷。一次，伏案工作中的道静先生因劳累过度而昏倒在地，不省人事，抢救苏醒后还咯血不止。李约瑟闻讯后急电上海，要求他暂时放下《中国科技史探索》的编辑工作，但道静先生复电说："我是一名战士，我能坚持下去！""上海的战士"的故事就这样在剑桥传开了。事后，李约瑟引用明末清初思想家顾炎武"博学于文，行己有耻"的话来评价这位"上海的战士"。

今天的出版业已经进入市场的时代、资本的时代和数字化的时代，在转型的过程中，我们的队伍中涌现出了一批懂市场、会管理、善经营的编辑，这无疑是值得赞扬和提倡的。现代出版业的发展要求我们不仅要有学者型的编辑，还要有经营型的编辑，更要有二者兼具的复合型编辑。这是时代的呼唤和要求。但是，今天的出版工作中也存在一种需要引起我们注意的倾向，那就是，过度娱乐化和商业化所导致的传统编辑观的失重。"文本为王"在与"营销为王"、"包装为王"的博弈中不断被嘲弄，以至有人竟然宣称，"只要营销到位、包装到位，卫生纸都可以当书发行出去"。畅销书崇拜与畅销书的快餐化、低俗化让书业的是非、高下标准迷乱起来，也让一些青年编辑浮躁、迷茫起来，甚至出现价值错位，他们将大量的时间投入无谓的营销肉搏之中，而对文本的完善几乎不费功夫，根本无法进入作者的精神世界和学术天地，更谈不上精致、从容的文本提升。结果是，我们出书品种越来越多，品质越来越"水"，图书的生命周期越来越短，能成为长销书的品种越来越少。然而，市场是理性的，缺少文化、学术含量的短命书的大量出笼，带来的必然是库存、退货的激增和运营质量的下滑。要扭转这一局面，我们必须反省那种脱离文本提高而溺于炒作的编辑意识和行动逻辑，重新回到"文本品质高（先）于营销"、"文本营销并重"的轨道上来，把营销建立在厚实的文本基础之上。我们应该怀着对出版工作的敬畏之心，将那些被认为陈旧、过时而丢弃了的"精编、精印、出精品"、"占据学术制高点"、"潜入历史，化作永恒"、"编辑的使命在于提升作品的价值"等编辑理念和传统重新呼唤回来，真正地把握编辑工作的价值归依。

面对胡道静先生厚重的文集，我们需要一份觉醒。无论是过去、今天、未来，图书都是社会精神生活的承重墙，有着最丰富的历史内涵，有着最高的精神海拔。文字的符号意义最具理性的光芒，它收留"娱乐"，收获"美感"，但镌刻在历史长河里的精神遗产一定是文化的积淀和思想的创新。

陆谷孙的品格

原载《文汇报》，2016 年 8 月 3 日；新加坡《联合早报》，2016 年 8 月 15 日

尽管在前一天得知陆先生处于弥留状态后，我曾赶到医院去与他作过最后的告别，但微信中传来了陆谷孙先生辞世的确切消息时，心中依然荡起怅惘和哀伤。

　　杜鹃啼血声声切，我这几日都沉浸在陆谷孙先生往事的追溯之中。我与他因书结缘，那是一部奇书，一项浩大的文字桥梁工程，一部扬名立万的双语词典。他醉心其间，为早日完成这部《英汉大词典》的编纂工作，曾立下"三不"誓言："一不出国，二不兼课，三不另外著书"，此番立言在80年代的上海学界和出版界曾经振聋发聩；他为"一名之立"而"旬月踟蹰"的工作态度更令辞书编纂界与出版界交口称颂。不过，直到90年代初，陆先生对我来说还是只闻其名，未见其人。1991年秋，陆先生在完成《英汉大词典》后短期受聘担任香港三联书店高级编辑，负责出版社双语词典长远规划的编制和汉英大词典语料库的建设。机缘巧合，当时我正在香港三联书店任职，恰好又负责《英汉大词典》香港繁体字版的出版工作，有幸与他在一起工作一年。我们的宿舍同在香港九龙土瓜湾中华大厦，他住五楼，我在七楼，工作之余经常在一起神聊。陆先生的人品和境界让我肃然起敬。

中国知识分子历来有内圣外王的寄托，肩负着社会的良知。作为一个学者，陆先生的专业是英美文学研究和双语词典编纂，那是两个非常小众的领域；但作为一个知识分子，他对社会的发展和人类的命运之类的大问题有着深深的关切。在香港的那一年，每到周末的晚上，我们聊的最多的并不是专业和出版的那些事，而是香港的政制改革和中国未来的发展。陆先生对香港的社会问题有着自己的观察和看法，对社会底层老百姓的困苦有着出自内心的同情，对社会迷乱狂热状态有着一份清醒和冷静，在正义和权威之间他总是站在正义的一方。他对社会问题的批评很少有意识形态的框框，而是从平民立场出发加以锐评。例如，他毕生信奉自由、平等、民主，但对末代港督彭定康搞的那套"民主政治"的表演却看得很透彻，认为这套把戏维护的是英国的国家利益，对香港的百姓并无裨益。最近几年，有时会在微博、微信上看到他对中国社会各种问题的忧虑和鞭挞，言词之激烈给人以"愤老"的感觉，氤氲着浓浓的百姓情怀。又如，对香港知识界当时流行的充溢着利己主义、消费主义、物质主义的普世观念，他很不以为然，讽刺他们是一群会操英语的拜物教徒，并不无忧虑地对我说，内地的证券股票投机之风正越演越烈，知识界也有"全民炒股"的苗头，如何克服拜金主义，坚守人文主义精神是我们面临的一个大问题。长期以来，陆谷孙先生以其"以理想主义的血肉之躯，撞击现实主义的铜墙铁壁"的人生座右铭坚守着一个知识分子在时弊面前的尊严。

令我敬佩的是陆谷孙先生有着强烈的自省精神，他曾对我说过自己也有"难弄"的一面，有一点浙江绍兴师爷的坏毛病，说话比较尖刻，容易看到别人的缺点和弱点，有时不太宽容。但在我的感觉中，他的不宽容都是对待那些缺仁少义之人的，对待朋友同侪，言辞中虽有些芒刺，本意却是厚道的。他有时还把知识分子的功名求索之心也归于私誉，荣誉感虽是人生进取的动力，却不应该过分彰显个人羽毛。他在香港三联书店的工作期间，设计了汉英大词典的语料库，当时编辑部恳请他为香港三联书店编纂一部三联版的《汉英大词典》。他却对我坦诚心迹，编完译文版《英汉大词典》后，他的工作重心要转到英语教学和科研上了，《汉英大词典》的难度实在太大，他不愿意像有些人那样剪刀浆糊齐上阵，东抄抄，西编编，全无语词背后社会心理根脉的挖掘，因此再起炉灶编纂新词典，有生之年恐怕是难以完成了。听其肺腑之言，我们也只得放下请他出山编纂三联版《汉英大词典》的念头。十多年后，当我听说陆先生又打算编《中华汉英大词典》且已立项的消息时大为吃惊，专程面询缘由。他告之当年在香港他去拜访安子介先生时，安老先生对他说，林语堂、梁实秋他们都既编过英汉大词典又编过汉英大词典，两部词典就如双语学习的左右手，你为何不像他们一样左右开弓，再编一部汉英大词典啊。这句话不时唤起他向林梁等文化名人看齐的"虚荣心"，决定拼了老命也要实现编写《中华汉英大词典》的愿望。如今，《英汉大词典》已编到第三版，《中华汉英大词典》上册也已出版，回首陆谷孙先生的初心，竟是如此地质朴、率真、可爱。

工作交往中，陆谷孙先生给我印象最深的是他对名利的淡泊和对新人的提携。大家都知道，陆先生对《英汉大词典》的出版居功至伟，从设计大纲、体例、样张到具体的编写、审改、定稿、校对，可以说是事无巨细、事必躬亲，没有他，这部大辞典恐怕是难以问世的，但他却总是说，《英汉大词典》是集体劳动的产物，不可忘却其他同志的贡献。他常常说及副主编吴莹同志劳苦功高，甚至念念不忘一般校对人员的付出。他很高兴《英汉大词典》获得各种各样的奖励，但却谢绝出席颁奖典礼，原因在于他认为荣誉属于整个集体而不只是他个人，一个人顶着一组人的名义去领奖"消受不起"。他还有一个奇怪而又可笑的理由，如果他去领奖岂不是等同于"独占"了别人的劳动成果？

陆谷孙先生把英汉大词典的编纂工作视为薪火相传的事业积累，十分注重培养提携青年人。1993年我从香港回沪后担任了上海出版界的领导，协调过《英汉大词典补编》、《英汉大词典》（第二版）和《新英汉词典》（世纪版）等的修订工作，亲历了陆先生提携新人的点点滴滴。与某些学人一部词典主编"挂到底"，以最少的付出获取最大的收益的做法不同，陆先生在第二版修订快完成时一再向我提及要让年轻人走上主编的岗位，他最好不要再当主编，躲在幕后把把关即可。事实上，不管是补编本还是第二版，在所有的编写人员中，还是数他贡献最大，出力最多，那厚厚的一叠又一叠的校样每一页都被他改成了"大花脸"，因此，他不做主编，不仅我们出版单位觉得不合适，其他参加编写的同志也不同意。但陆先生把团队看得很重，把年轻学者的成长看得更重，最后在他的坚持下新设了三位执行主编，这才算解决了第二版他署名主编的大问题。三位执行主编中高永伟和于海江两位是陆先生的学生，时年仅三四十岁，是陆先生手把手地教会他们如何编纂词典的。在《英汉大词典补编》的校样上我曾看到陆先生指导这两位学生勘误纠错的大量批注。而一旦学生成熟起来，有了一些成绩，陆先生又急不可耐地要把他们推上主编的位置。他一再对我说，双语编纂人才难得，要不拘一格把他们推上前台。于海江是军人，复旦大学博士研究生毕业后要回军队工作，为了把他留下，陆先生求助于汪道涵同志，恳请他致信总参谋部熊光楷副总参谋长，安排于海江转业，以便继续参加《英汉大词典》的修订工作，并与出版社商量解决于海江在上海的工作和住宿问题。《英汉大词典》（第三版）启动后，陆谷孙先生坚持不再担任主编，任我们怎么劝说都不行。他说，第三版是在数字网络的环境下工作，由更熟悉网络的年轻同志担任主编便于在数字网络平台上发挥词典编辑与读者互动的特点，同时也有利于《英汉大词典》生命的延续。最后经他提议由三十出头的青年讲师朱绩崧出任第三版的主编，这一虚怀若谷的长者风范，久久在学术界和出版界传颂。

鲁迅先生逝世十三周年时，诗人臧克家曾写下："有的人死了他还活着……"的名句，同样，陆谷孙先生的肉身也已驾鹤西行，但他高尚的人格，纯粹的人品，依然留存在千百万人的记忆里。

《英汉大词典》在，陆谷孙先生不死!

邓英淘：为了多数人的现代化

原载《文汇报》，2013 年 6 月 3 日

为了多数人的现代化，探索中国自己的现代化之路，是邓英淘同志经过长期观察、思考和研究后提出的重要理念，也是他为之奋斗直至生命最后一息的事业。

　　去年3月从媒体上得悉，邓英淘同志英年病逝，内心十分沉痛。他是我所认识的经济学家中少有的既有大格局大思想又脚踏实地埋头苦干的一位，他对中国现代化道路的探索独出机杼，生面别开。我与英淘同志见面交流的机会并不多，记得初次见面是为了出版他与徐笑波、姚钢、苏丁同志翻译的《现代日本金融论》。原书的作者铃木淑夫是国际货币金融理论的权威，内容分析了日本经济高速增长时期的货币金融机制。英淘同志担任译校，他的工作为译稿增色不少。真正有机会与英淘同志深谈大约是在1991年或1992年间，那时我在香港三联书店任总编辑，英淘同志来港公干，打电话约我晤谈。见面时，他向我介绍了在港与南怀瑾先生交谈的情况，并向我谈了他对于中国未来发展的基本想法，留给我印象最深的就是"跳蚤与大象"的比喻。当时全国正在讨论和思考"亚洲四小龙"模式，探讨比较多的是"大进大出"的国际大循环战略。记得英淘同志很认真地对我说，中国不可能走"四小龙"道路，沿海地区当然可以搞两头在外的来料加工，出口挣外汇，拉动 GDP 增长，但不宜复制推广到全国。从长期来看，靠这种模式无法真正实现中国的现代化。道理就在于量级不一样，中国与"四小龙"，就像大象与跳蚤，如果以人口作为基本尺度，那么"四小龙"合起来也要比中国低两个数量级。跳蚤可以跳到自己身高的两百倍，即使肌肉构造原理相同，大象再拼命锻炼，跳起身高一半都难以想象。

英淘同志的坦诚与灼见让我感佩。当时我所接触到的大多数中青年经济学者都认为中国的现代化道路，应走西方发达国家已经走过的经典发展道路，特别是走经典发展道路的变种，即新兴工业化国家或地区发展的道路，因为上世纪六七十年代，巴西、墨西哥和亚洲"四小龙"这些新兴工业化国家或地区都成功地打入世界市场，它们的 GDP 和出口增长率也是世界其他国家或地区所无法相比的。当然，也有不少经济学家看到了中国的国情与西方不同，我们的改革过程和方式会有异于西方，于是就有了"过渡经济学"一说。80 年代后期至 90 年代中期，我曾多次组织研讨会，邀请全国各地的经济学家共同研讨中国的过渡经济学问题，也出版了一些研究成果，试图建立"中国的过渡经济学"。但实事求是地讲，那时在相当多人的潜意识里改革的彼岸还是那些已经现代化了的西方国家模式，只不过在过渡期基于国情我们必须有自己的做法。我们都不能超越历史阶段。在改革初中期，中国经济学家产生这样的认识和想法，是很自然的事，用不着求全责备，苛刻以求。但是英淘同志在那个年代就已经敏锐观察到中国必须走另一条不同于西方国家经典发展方式的道路，改革的彼岸并不是西方国家模式，当时相当多的人对英淘同志的观点可能不以为然，今天看来英淘同志真是可以惊为天人了。

什么是西方经典发展方式？在英淘同志看来，就是以大量耗用不可再生的资源为基础，以大批量生产的存量型技术为手段，千方百计地增加 GDP，以实现国家的富裕和繁荣。在很长一段时间里，大多数发展中国家自觉或不自觉地实行着这种发展方式，希望以此早日实现现代化。但英淘同志清醒地认识到，这种西方国家现代化的方式只能实现全球一部分人的发展和富裕，是"少数人的现代化"道路。因为地球上的不可再生资源是有限的，上世纪 70 年代罗马俱乐部在《增长的极限》这一著名的报告中就曾警告，全球的油气资源很快就面临枯竭了。当发展中国家都遵循西方经典发展方式来实现现代化时，都按照西方国家的标准来消耗这些不可再生资源时，地球难以承受其重。美国总统奥巴马2010年在接受澳大利亚媒体采访时说："如果超过10亿的中国居民过上和澳大利亚、美国人现在同样的生活方式，那么，我们所有人都将处于非常悲惨的境遇，很简单，这个地球根本无法承受。"最大限度地控制全球油气资源，这是多年以来美国在全球建立数以百计的军事基地、充当"世界警察"、深深卷入中东北非冲突的真正原因，也是美国重返亚太遏制中国的重要动因。英淘同志说得何其深刻："西方现在的现代化，生命循环流淌的血液是石油。"由此可见，在世界资源所剩不多的约束下，大多数未实现现代化的人要按西方经典发展方式实现现代化是不可能的，西方的现代化方式只是少数人的现代化，而且正如英淘同志所归纳的"我现代化了，你就别现代化"。

那么，有没有一条不同于西方经典发展方式的道路能实现多数人的现代化呢？从1984年起，英淘同志怀着强烈的使命感，从中国的国情出发，为此进行了近30年的不懈探索。在大量的第一手调查资料面前，他文思泉涌，洞见连连。1991年，他写道："目前中国在物质限制和'消费示范'的双重压力下推进现代化的进程，面临着深刻的选择。摆在我们面前的，有三种可能的图景：第一，始终徘徊在高度现代化的门口；第二，由于选择了缺乏远见的、被动地应付眼前事变的政策，在近中期内继续沿袭发达国家已经走过的道路，但在不远的将来又不得不做出仓促而急剧的调整，并为此付出十分沉重的代价；第三，从现在起就开始准备，逐步做出适应性的富有远见的调整。中国能够成功地实现第三种选择吗?"

他认为，中国的现代化必须统筹解决好国际经济、政治和战略格局，经济体制和政治体制改革，发展方式选择三个问题，找到一个综合解。就此，他进一步指出，这三个问题是不可分割的：即使找到了一种合理的体制，但如不能寻找到一种合理的长期发展方式，中国的现代化能否成功仍是疑问；即使在这两方面都有正确的选择，但如在国际关系方面出现重大决策失误，也会使中国的现代化难以成功。关于新的发展方式，他认为从加强生物圈质能循环中获利，以分布式可再生能源为基础，是中国及世界大多数人的现代化之路，也即从加强自然循环过程而不是靠不断破坏这一过程来发展人类自身。关于体制改革，他提出在不同的阶段，根据不同的情况，把握好市场、科层、互惠三种机制的组合变换，为未来的改革提供了一条新的思路。关于国际格局，他指出两次世界大战都是因为后起国家争夺市场、能源而起，如今"为石油而战"，已经越来越成为"遏制中国"的观点、言论、政策、措施的公开理由。

要打破西方对我们的遏制，根本在于创新能源革命与发展方式的跃迁。说到这里，有必要补充一句，近些年来，世界为争夺资源而引发的碰撞已日益白热化，对石油、水、土地等资源的依赖而引发的其他问题，这些都使越来越多的国家包括一些西方发达国家开始探索并实践新的发展方式，其中有不少做法值得我们学习和借鉴。

英淘的可贵之处在于，他不是坐而论道的经济学家，为了探索新发展方式，寻找多数人现代化之路，近 30 年来，他与同道好友风尘仆仆走遍全国的大部分地区，从长城内外，到青藏高原，从黄海之滨到塔里木盆地，聚焦国土整治、西部开发、水资源调配、新能源革命和生态建设，通过实地考察搜集大量第一手资料、数据和案例，推广新的科技进步成果，为新发展方式和道路做最基础的工作，并经过理论思考形成具体的发展建议。他发起组织"水资源调配与国土整治课题组"，翻山越岭，了解和解决西部调水的关键性技术环节，提出了风电提水、超长隧洞和大型桥涵技术引水，化整为零、多头并进的建议，概括出西部调水的基本方针："高水北调，低水东调，风水互济，提升并重，东西对进，调补兼筹"，呼吁引水再造一个中国（100 万平方公里平原）。他深入塔里木盆地考察，提出了将沙漠改造成绿洲的设想："通过配置 5 万平方公里陶瓷太阳能板，我们可得到净产电能 4.2 万亿度，淡水 300 亿立方米及 300 亿立方米地表苦咸水。依托这些基本产业，我们可在塔里木盆地开发出千亿亩沙漠作为农田、牧场和林业用地，生产出大量的生物质能，作为发展各种生物质能深加工产业的基础。与此同时，通过农林牧作物的灌溉和作物的生理蒸腾，还有可能兼收改造沙漠气候之效。"他致力于可再生能源的调查，认为我国可再生能源开发前景极其广阔，风能、太阳能、生物质能三项合计约 221 亿吨标准煤，对于这样一座巨大的能源宝库，目前我们只利用了其中的百分之一二，随着储能技术和能态转换技术的产业化，其开发利用前景不可限量。他还下到辽宁、山东、陕西等地的农村，收集农村沼气、养猪、养鱼、水葫芦种植等大量案例，总结基层在生物质能方面天人合一、循环互动、永续利用的好做法，并不遗余力地加以推广。英淘同志的这些工作和努力不得不令人肃然起敬，这是中国学人应该具有的精神。"空谈误国，实干兴邦"。相比那些在中国迅速崛起的今天还坚持走西方经典发展方式道路的学者，相比那些整日固守书斋，从不深入底层接触民众，仅靠从互联网上获得信息，奢谈"良心"，以"公共知识分子"自居的学者，英淘同志建设性的工作和负重前行的精神是一面镜子，值得仔细对照。

在邓小平理论的指引下，经过 30 多年的改革开放，中国以平均近 10% 的增长速度成长为全球第二大经济体，创造了人类经济发展史上的奇迹。中国通过扩大对外开放，特别是加入 WTO，已深深地融入到经济全球化的浪潮之中。复旦大学新政治经济学中心主任史正富教授的研究表明，中国经济借助了国际市场出现"超级购买力"的战略机遇，通过构建实施非常规的独特市场体制及战略，实现了超常规的持续高速增长；近 20 年来，贸易盈余占中国 GDP 的比重高达 3% 强。但是，随着美国金融危机和欧洲主权债务危机对全球经济带来的影响，中国经济的出口碰到了巨大的问题，更重要的是，依靠耗费不可再生能源发展经济的方式，由于内外各种因素的作用，变得越来越不可持续，中国经济的高速增长遭到了越来越多的挑战，于是，又有一些人开始重新看衰中国。英淘同志的理论和实践告诉我们，依托新发展方式实现现代化，是中国的一次重大机遇。不是吗，如果我们把 3 万多亿美元的外汇储备余额的一部分用于西部调水、新能源开发、生态建设、国土整治，不仅可以避免美元贬值的风险，还可以启动内需，替代掉因外部环境变化出口下降而失去的那部分增长率，保持中国经济至本世纪中叶继续以较高的速度增长，谱写人类发展史上新的篇章。更重要的是，它为中国未来的发展，甚至是千秋万代奠定了可持续发展的生态环境和物质基础。2200 多年前蜀郡守李冰兴办水利，修都江堰，哺育川西平原直到如今，世代传颂；今天，中国共产党人在新发展方式上的探索和实践当然也会永留史册。另一方面，在当今这个"为石油而战"的时代，把资金投入到新能源革命和发展方式的转变上，有利于中国缓解国际压力，顺利度过战略机遇期，在本世纪中叶全面实现现代化。正如英淘同志所言："从长远说，一个水能，一个太阳能，都是多年持续利用，能够从根本上解决能源问题，如此，中国现代化的基石就稳固了，中国现代化的进程从此不可阻挡，谁也甭再想制约、遏制中国了。"

上海人民出版社最近出版了英淘同志的三部著作——《新发展方式与中国的未来》、《新能源革命与发展方式跃迁》和《再造中国，走向未来》，为的是让更多的读者认识并理解为了多数人的现代化，探索中国自己的现代化之路的重大意义。这三本著作，从内容上说有内在的关联性。《新发展方式与中国的未来》从实践中提出问题并进行理论思考。作者从理论创新和制度创新的意义上，统筹考虑生产力、生产关系、经济基础和上层建筑，并在其中国现代化路径的理论研究中引入有关发展和社会关系的哲学思考，揭示出中国现代化的关键，取决于能否在外部环境、内部构造和发展方式之间寻找到一种良性互动，指出中国必须走另一条不同于西方经典发展方式的道路。《新能源革命与发展方式跃迁》则在大量实际调查的基础上具体回答了中国如何利用新能源，实现发展方式的转变这一重大问题。《再造中国，走向未来》收录了作者与其同道围绕水资源调配、国土整治及其利用、新能源新材料展开的调研和思考，并结合相关理论从技术和实证的层面予以具体分析，为我们超越西方经典发展方式，建设美丽中国提供依据。

英淘同志终其一生大声疾呼："依托新发展方式实现现代化，是发展中国家的一次历史性机会。中国能够抓住这个机会吗？应该说，舍此我们别无出路！"他在人生的最后一刻还说：新的生产方式体系，包括生活方式的现代化的实现是一个相当长的过程，从现实的技术体系看，"功成不必在我，会有人继续搞下去"。中华民族历时 5000 多年，生生不息，就是靠这种远大的理想抱负、坚韧不拔的精神和脚踏实地的务实态度，靠千千万万人一代又一代的不懈奋斗。让我们一起努力，不断探索和实践，走出一条不同于西方的、为多数人实现现代化的、有中国特色的道路来，如习近平总书记所说，使我们的人民"有更好的教育、更稳定的工作、更满意的收入、更可靠的社会保障、更高水平的医疗卫生服务、更舒适的居住条件、更优美的环境"，让我们的孩子们"能成长得更好、工作得更好、生活得更好"。

　　马克思在《青年在选择职业时的考虑》一文中有过一段感人的名言："如果我们选择了最能为人类福利而劳动的职业，我们就不会为它的重负所压倒，因为这是为全人类所作的牺牲；那时我们感到的将不是一点点自私而可怜的欢乐，我们的幸福将属于千万人，我们的事业并不显赫一时，但将永远存在，面对我们的骨灰，高尚的人们将洒下热泪。"我想，多少年后，当多数人实现现代化之时，高尚的人们也会在读完英淘同志的著作后洒下一行热泪。

林毅夫与他的发展经济学理论

原载《文汇报》，2015 年 1 月 9 日；《读书》，
2015 年第 1 期；《新华文摘》，2013 年第 7 期

最早知道林毅夫这个名字，大约是在 1988 年。那时我在上海三联书店任总编辑，有一次去北京组稿，见到上海老乡周其仁，他告诉我：他所在的国务院农村发展研究中心发展研究所"新来了位副所长，叫林毅夫，刚从美国学成回国，在美期间曾师从诺贝尔经济学奖得主舒尔茨，获芝加哥大学经济学博士学位，后又在耶鲁大学经济发展中心做了一年的博士后。此人受过系统的现代经济学训练，有机会你可以向他组稿"。那时我正在策划主编"当代经济学系列丛书"，这套书的宗旨是为了全面地、系统地反映当代经济学的全貌及其进程，总结与挖掘当代经济学已有的和潜在的成果，展示当代经济学新的发展方向，试图在一个不太长的时期内，从研究范围、研究内容、研究方法、分析技术等方面完成中国经济学从传统向现代的转轨。从中国经济学现代化和国际标准化的角度看，林毅夫当然是这套丛书最理想也是最紧缺的作者。于是，利用参加学术研讨会的机会，我找到了林毅夫，向他介绍了"当代经济学系列丛书"的情况，并提出了约稿的请求。记得当时林毅夫很坦率地告诉我，目前他的研究领域在中国农业发展方面，但研究成果还未达到出版专著的程度，他还说一旦研究成果成熟，会找我商谈编辑出版事宜。

从那以后，林毅夫的研究进展情况一直在我的牵挂之中。1991年初我去香港工作，担任三联书店（香港）有限公司的总编辑。那一年的夏天，林毅夫出访美国途经香港，打电话约我见面。到他下榻的酒店后，看到在座的还有他芝加哥大学经济学系的学长王于渐先生，王于渐当时在香港大学任教，后来担任香港大学的副校长。林毅夫把王于渐与我约到一起，一个目的是为了介绍我们相识，帮我在香港打开学界的局面。这次见面，林毅夫向我介绍了他的研究工作，目前主要精力已放在研究中国的发展战略与经济改革上，前一阶段他关于中国农业发展与改革的研究有了成系列的成果，有10篇论文，并征求我的意见，是否愿意结集出版。这对我来说，当然是一个喜讯，在这之前，我知道他关于中国农业发展与改革的多篇论文已经刊发在国际一流经济学杂志上，备受国际经济学界的关注。我们约定将这部书稿放在"当代经济学系列丛书"中。1991年年底，林毅夫将书稿寄至香港，那一段时间，每天晚上我在宿舍里做的功课就是编辑这部名为《制度、技术与中国农业发展》

的著作。这部著作集中了林毅夫最初的发展经济学研究成果，10 篇论文大多是关于中国农业发展和改革的经验实证分析，侧重于制度和技术对经济发展的影响及其变迁的原因。这本书当然是中国经济学当时最具国际规范的研究成果。但是，令我更感兴趣的是，书中所收的最后一篇题为《李约瑟之谜：工业革命为什么没有发源于中国》的论文，使我对林毅夫有了一个全新的认识。李约瑟在其巨著《中国的科学与文明》中写道，除了最近的二或三个世纪之外，历史上，中国在绝大多数主要的科学技术领域一直大大领先于西方世界。历史学家一般都承认，到 14 世纪，中国已经取得了巨大的技术和经济进步，具备了发生工业革命的几乎所有主要条件。但是，中国却没有再向前迈进，因此当 18 世纪中后期英国工业革命爆发后，中国被远远地甩在了后面。李约瑟将这样一个矛盾归纳为如下具有挑战性的两难问题：第一，为什么历史上中国科学技术一直领先于其他文明？第二，为什么到了现代，中国科学技术不再领先于其他文明？对于这样一个难题，历史学家、科技史专家都曾做出过不同的解释。作为经济学家的林毅夫居然也对这个难题感兴趣，这完全出乎我的预料。在这篇论文中，林毅夫不仅评述了前人的假说，而且还提出了自己独特的"供给不足假说"，并做出了颇具说服力的解释。我对林毅夫的全新认识主要在于，从这篇论文中我知道早在中学时代他就有强烈的报效民族和国家的愿望，后来从事经济学研究也是为了探索中国富强之路。他曾多次说过，只要中国坚持改革开放，完全可能在不久的将来，再度成为世界上最强大的国家，这样的话，中国"将成为世界上唯一的一个经历了由盛到衰，再由衰到盛的大国"，拳拳赤子之心跃然纸上。其实，细心的人们从林毅夫一系列著作和演讲中都可以读到他始终如一的报国之情。

跳出中国农业发展和改革的领域，在更广的范围研究中国的发展问题，据林毅夫自己说是从 1988 年下半年开始的。当时中国出现了新中国成立以来最严重的通货膨胀，政府高层和经济学家纷纷讨论通货膨胀的起因、形成机理和治理对策。林毅夫和蔡昉、李周一起参加到"中国经济如何走出困境"的课题研究中，试图解释中国传统计划体制的形成逻辑、改革中出现的"活乱"循环和旷日持久的难点问题，提出解决难题的改革路径和战略。他们三位的这项研究长达五六年之久，最终的成果就是他们合著的《中国的奇迹：发展战略与经济改革》一书。1994 年初，林毅夫将书稿交我，希望放入"当代经济学系列丛书"出版。

《中国的奇迹：发展战略与经济改革》是林毅夫经济学家生涯中一部十分重要的著作。在这部著作中，林毅夫建立了其发展经济学理论的分析框架，核心就是他后来一直坚持的"比较优势"的概念与分析逻辑。这部著作试图回答这样几个问题：（1）为什么改革之前中国经济发展缓慢，而改革之后得到迅速发展，改革的经验在哪里；（2）为什么中国改革过程中会出现"治乱"循环，解决的路径又是什么；（3）中国的改革和发展势头能否持续，经济改革的逻辑方向是什么；（4）中国的改革经验是否具有普遍意义。在我看来，这部著作的贡献在于这样几个方面：（1）首次提出了"中国的奇迹"的"论断"。20年前，人们热衷于讨论的是"东亚奇迹"，津津乐道于亚洲"四小龙"，而林毅夫他们在认真研究改革开放以来中国经济年均9.7%的增长实绩和改革成果的基础上，指出在一个人口众多、底子较薄、处于转型期的国家取得如此成绩在人类经济史上前所未有，堪称"中国奇迹"。（2）准确地预测了中国经济未来的增长速度和可能达到的规模。书中预测按PPP计算（购买力平价），中国的经济规模会在2015年赶上美国，按当时的汇率计算，中国则会在2030年超过美国。世界银行和国际货币基金组织最近都曾公布统计结果，说中国的经济规模按PPP计算2014年已超过美国，成为全球第一大经济体。（3）分析了比较优势战略和赶超战略之间的成本差异，对中国前30年实行赶超战略时的经济政策给出一个符合新古典经济学的"理性"解释，让西方学术界耳目一新。（4）基于比较优势说的理论分析框架，从发展战略选择与资源禀赋之间的矛盾出发，分析了中国传统经济体制模式形成的逻辑，并将这种分析方法及其结论扩展到所有发展中国家和地区，指出发展战略的选择是否与资源禀赋的比较优势一致是决定经济体制模式进而决定经济发展绩效的根本原因。（5）按照中国经济改革自身所表现出的逻辑顺序总结了改革的阶段、历程和各个阶段的内容，提出了未来改革的路径和主要任务。20年来，中国经济改革的实际进程与这本著作提出的改革任务基本吻合，从中我们看到了系统功能耦合不可抗拒的力量。（6）对中国和苏东两种转型路径进行了科学的比较，指出渐进、双轨的改革比起休克疗法式的激进改革，有利于避免持续性的社会震荡，实现国民经济的高速增长、市场作用范围的扩大和经济效率的改善。

今天我们回过头来看这部20年前出版的著作，其基本理论、分析框架、分析逻辑、主要观点、政策建议乃至经济预测几乎都经得起历史的检验，这对一部社会科学研究著作来说是很少见的。不过，当年这部著作出版时，在学界引起的反响更多的是质疑，不仅认为提"中国奇迹"为时过早，经济预测过于乐观，更多的是对中国"渐进—双轨式"改革路径的否定，认为扭曲的体制会影响中国经济的未来发展。这在当年我们为这部著作举办的为期两天的出版座谈会上经济学家的争论中可见一斑。当然，当年争论影响最大的还是在国有企业的改革问题上，媒体上曾报道了林毅夫与张维迎之间的那场辩论，称之为"北大交火事件"。

张维迎也是改革开放以来涌现出来的极有社会影响力的经济学家，他长期从事现代企业理论的研究，强调企业剩余索取权和控制权对称安排的重要性，主张国企改革的出路在于民营化，将企业中的国有资本变成债权、非国有资本变成股权。张维迎的博士论文《企业的企业家——契约理论》也由我们出版，同样列入"当代经济学系列丛书"，其后我们还出版了他关于信息经济学和博弈论等方面的著作，并围绕其企业理论也召开过学术研讨会。

林毅夫认为，中国国有企业当时的主要问题在于承担了沉重的政策性负担，包括违反要素禀赋结构所决定的比较优势的战略性政策负担，以冗员解决就业问题和以企业负责职工养老的社会性政策负担。政府必须为政策性负担负责，因而产生了政策性补贴。由于政府作为所有者和企业作为经营者间存在信息不对称，使得企业能以政策性负担为借口，要政府为其包括由于经营不善和道德风险所导致的所有亏损埋单，从而有了预算软约束。林毅夫认为只要存在政策性负担，任何所有制形式的企业都会有预算软约束，也都不会有效率，因此，国有企业改革的方向是消除政策性负担，创造公平竞争的环境。片面强调"委托—代理人"之间的道德风险，不能解决国有企业，尤其是大型国有企业的问题。他认为，享有剩余索取权的所有者和经营者要统一起来，只有在股权集中的中小企业才能做到，股权分散的大型企业不管国有或民营都同样面临"委托—代理"问题。要解决代理人利用信息不对称产生道德风险，侵蚀所有者的利益，必须依靠公平竞争的市场使企业盈利状况成为企业经营好坏的充分信息，并据此来制定经理人员的奖惩，以使代理人和委托人的激励相容。因此，创造公平而充分竞争的市场环境比简单的私有化重要，有了这种外部市场环境，并改进企业内部的管理体制，国有企业也可以是有效率的。

《中国的奇迹：发展战略与经济改革》一书，受限于该书的主题，对国有企业改革的分析还不够深入，于是林毅夫、蔡昉、李周又合作了《充分信息与国有企业改革》一书，交我放入"当代经济学系列丛书"于 1997 年初出版。严格来讲，林毅夫与张维迎是用不同的理论，从不同的角度切入对国有企业改革进行研究的，就理论的内部逻辑而言，都能自圆其说。这种论辩只要是基于理性的而不是感情的，是有利于推动学术进步的。针对学界对《中国的奇迹：发展战略与经济改革》的讨论，以及改革实践的推进，他们三位又于 1999 年出版了该书的增订本，对一些重大理论问题和政策问题作了更深入的阐述，进一步完善他们的理论。

进入新世纪以后，林毅夫在继续关注中国现实经济问题的同时，把更多的精力投入到发展经济学理论层面的研究上。2006 年我出差去北京，林毅夫到亚洲大酒店来看我，介绍了他在发展经济学方面的研究进展，说及他接到了英国剑桥大学的邀请，将于 2007 年去做一年一度的马歇尔讲座。马歇尔讲座是世界上最重要的经济学家论坛，从 1946 年起每年邀请一位经济学家做讲座。林毅夫是第 61 位主讲者，在这之前的 60 位主讲者中有 15 位获得了诺贝尔经济学奖。谈话中，林毅夫向我详尽地介绍了他准备演讲的内容，打算以《中国的奇迹：发展战略与经济改革》中提出的经济体制内生于发展战略的理论框架为基础构建一个数理模型，用二战以来发展中国家的经验数据对这个理论模型的各个推论做经验检验。我意识到这标志着林毅夫的研究已经超越了以往的战略和政策层面，在基本理论方面取得了重大进展，当即向他组稿，希望他将演讲稿的中文版交由我出版，林毅夫一口答应。以后我又多次催促林毅夫尽快交稿。2008 年，林毅夫致电我，告之因为北京大学领导一再要求他将此书放在北大出版社出版，他作为该校教授无法拒绝，希望我能对此事予以谅解。我虽觉得有点遗憾，但也认为在北大出版社出版是一个不错的选择。这本书的英文版在剑桥大学出版社出版，书名是《经济发展与转型：思潮、战略与自生能力》，共有 5 位诺贝尔经济学奖得主予以推荐，创下了剑桥大学出版社的纪录。2008 年，林毅夫担任世界银行首席经济学家、高级副行长后，先后考察了数十个非洲、亚洲、拉丁美洲发展中国家，用他的理论分析框架来观察这些国家的发展转型过程，并结合这些国家经济发展转型的实践，在理论和政策的层面进行了进一步的探索，于 2011 年初正式亮出了"新结构经济学"的旗号，并把它视为发展经济学的第三波思潮。

发展经济学是第二次世界大战结束后，为解决发展中国家转型与发展问题而建立的一门新的学科。发展经济学的第一波理论思潮以结构主义为基础，从市场失灵出发，主张政府干预，但并没有解决发展中国家的现代化问题，同时也暴露出计划经济体制的根本缺陷；发展经济学的第二波思潮，以新自由主义经济学为基础，从政府失灵出发，反对政府干预，主张自由市场经济，但也使发展中国家的现代化受阻，经济绩效下滑。新结构经济学认为，经济发展本质上是一个技术、产业不断创新，结构不断变化的过程，它的假设是：一个国家或地区，其在每个时点上的经济结构是由那个时点的资本、劳动、自然资源等要素禀赋及其结构决定的；对于特定的经济体，每个时点上的要素禀赋及其结构又是可变化的。新结构经济学的努力在于，把早期经济学家关于比较优势贸易战略这一学说推广到发展中国家整个经济结构变化升级的全局考虑中，构造以符合自身比较优势的发展战略为核心的发展经济学。新结构经济学主张发展中国家根据自己的国情，把市场机制和政府作用有机结合起来，既把市场作为资源配置的决定性基础机制，又强调发挥政府因势利导的积极有为作用，以克服结构升级和转型中必然存在的市场失灵问题。为保证政府作用的有效性，新结构经济学还在政策的层面提出了发展中国家政府"增长甄别和因势利导"的六个步骤，作为制定产业政策的框架。最近七八年，林毅夫为创建新结构经济学，组织力量在理论、方法、工具等层面，做了大量基础性的工作。我们有幸在 2012 年出版了其主编的反映这方面研究成果的《新结构经济学文集》，又一次见证了林毅夫在发展经济学领域做出的新贡献。

新结构经济学产生以来，引起了国内外经济学界的重视和关注。有不少好评和赞誉，也不乏质疑和批评。国外的好评多于质疑，而且讨论多集中在理论的层面；国内的质疑多于好评，但大多集中在政策的层面。国外经济学家重视林毅夫的研究，一方面是因为在西方经济学的主流市场上，发展经济学在过去20年没有大的进展，经济学家对其的研究热情逐渐下降，而林毅夫的新结构经济学重新点燃了他们对这一领域的研究热情；另一方面是因为2008年金融危机爆发之后，西方发达国家普遍陷入严重的经济困境，使不少经济学家开始反思西方主流经济学的问题。国内经济学家的质疑主要表现在这样几个方面：

一是如何看待市场和政府的关系。新结构经济学提出了"有效市场，有为政府"的观点和理论，认为在坚持市场对资源配置起决定性作用的同时，应充分发挥政府的积极作用，以弥补市场的缺陷和失灵。对于政府在经济发展中应该扮演什么样的角色，国内经济学家之间存在重大分歧。不少经济学家认为，政府的作用就是英国古典经济学家亚当·斯密所说的"创造给人自由的环境、法治，包括产权制度的保证"，仅限于此。而林毅夫则认为，除此之外，政府还应在提供基础设施、公共服务等方面担当重要角色，在为符合比较优势的产业变成竞争优势方面发挥重要作用。其提出的政府"增长甄别和因势利导"的六个步骤，便是发展中国家政府可有为之处。

二是如何看待发展中国家的"后发优势"。新结构经济学认为，经济发展的本质是基于劳动生产力水平不断提高的技术不断创新和产业不断升级，发展中国家可以利用与发达国家的技术和产业水平的差距所形成的"后发优势"来加速经济发展。而对于那些过去违反比较优势、采取赶超战略的发展中国家，在改革的过程中，对那些资本密集、在竞争市场中缺乏自生能力的大型国有企业，可以双轨渐进的方式来实现转型。质疑新结构经济学的经济学家则采用杨小凯的"后发劣势"说，来反对"后发优势"说，认为如果发展中国家不先模仿西方国家进行宪政体制改革，仅在经济领域进行改革，虽然前期的发展速度会快一些，但长期来看会导致问题丛生，经济陷于困境。这些经济学家一般都用中国当前经济生活中出现的腐败问题和收入差距拉大现象来作为论据。对此，林毅夫认为，新结构经济学在强调发挥"后发优势"来加速发展经济的同时，也强调在经济发展过程中要创造条件，审时度势，推进制度改革，把旧体制中的各种扭曲消除掉，以建立完善、有效的市场。至于是不是因为没有进行西方式的宪政改革就必然会导致腐败和收入分配差距拉大，林毅夫引用世界银行的研究告诉我们，这些问题在苏联、东欧等先行开展宪政改革的国家同样存在，甚至更加严重。他举例说，在这些国家，为了避免私有化以后的大型企业破产倒闭造成的大量失业问题，或是因为这些企业涉及国防安全等原因，在用休克疗法消除了旧的补贴以后，又引进了新的更大、更隐蔽的补贴，其结果是寻租、腐败和收入分配不均的现象比中国更严重。

三是如何看待中国经济未来的增长。从新结构经济学的理论出发，林毅夫认为，经过 35 年的高速增长之后，中国经济未来的增长潜力在 8% 左右。在中国经济连续十多个季度增长减速的背景下，林毅夫的这一预测引起了很大的争议。反对的经济学家认为，现在中国经济结构失衡、社会矛盾尖锐、生态环境恶化、市场机制受到抑制，这些阻碍了中国经济的发展速度，未来中国经济的降速不可避免。林毅夫认为，作为发展中、转型中的经济，中国固然存在许多体制、机制问题，但是，最近四年来的经济增长减速则是由外部性、周期性因素造成的，中国经济的内部仍然存在保持一个较高增长速度的潜力和条件。从后发优势的理论看，中国虽然经历了连续 35 年的高速增长，但由于我们与发达国家的产业、技术仍然存在较大的差距，因此保持较高发展速度的潜力还很大。人均收入水平是一个重要的指标，它反映了人均劳动生产率水平，人均劳动率水平反映的是平均的技术和平均的产业水平。以现在的人均收入水平，按照 2008 年的最新数字，我们只有美国的 21%。同样是人均收入水平占美国 21% 时，日本、新加坡、韩国及中国台湾地区等经济体利用后发优势均实现了 20 年 7.6% 到 9.2% 的增长速度。林毅夫以此推论，从 2008 年起，中国有 20

年 8% 的增长潜力。当然，他同时强调从增长潜力变为增长现实，需要通过坚忍不拔的改革来实现。

四是如何理解经济发展的动力。美联储前主席伯南克在 2008 年金融危机期间，把金融危机的根源归于世界经济的"失衡"，他的"再平衡"政策，要求西方发达国家减少消费、增加投资，要求中国等发展中国家增加消费、减少投资。美国、日本和欧洲的发达国家推行伯南克的"再平衡"政策，纷纷陷入萧条和停滞的状态。西方大多数经济学家和国内不少经济学家在危机中均持与伯南克相似的观点。而林毅夫力排众议，从新结构经济学理论出发，主张中国继续用投资拉动增长，认为发达国家走出危机的办法则是增加对发展中国家基础设施的投资，通过对发展中国家的出口提高发达国家的需求。他在《从西潮到东风》一书中系统地阐述了他的这一看法。

从总体上说，现有的这些质疑并不构成对新结构经济学的颠覆，有的质疑多多少少还停留在西方主流经济学的价值观上，没有注意到国际潮流的新挑战。当然，作为一种新的发展理论，新结构经济学还有待进一步的拓展和完善。比如，新结构经济学的思想和政策颇为清晰，但方法论上还需提升。从理论上说，一个基于新古典经济学静态比较优势分析逻辑来演绎和处理经济结构演变升级和经济收敛的动态过程，还需要做更多的基础性工作。如张军所说，在现有的发展经济学领域，经济学家大都是去超越静态效率最优化的比较优势理论来解释结构动态变化和转型升级的经验现象，而新结构经济学基于比较优势的产业政策和发展战略的思维框架则是坚守而不是超越静态的比较优势学说，因此，在理论上如何把基于静态效率的比较优势理论，经由要素积累、禀赋结构变化，推演到整个产业结构变化升级的领域是一项非常重要的理论工作。又如，对中国经济增长潜力的研究，除了作一般的理论推论外，也有必要深入到人口条件、市场状况、自然环境、资源约束、资金积累、人力资本改善、创新激励等方面，以得出更深入和更坚实的预测。当然，这样来要求林毅夫显得太苛刻了点，这应该是由中国经济学家共同来完成的工作。事实上，已故经济学家邓英淘关于国土整治、西部开发、水资源调配、新能源革命和生态建设所作的大规模调查研究就体现了中国经济学家在这方面的努力。再如，如何把增长潜力变为现实，这是一个比研究增长潜力更重要的问题。许多发展瓶颈需要通过持续不断的改革来加以克服，如何避免系统性风险的爆发，如何在危机后进行结构性改革，这对我们来说都是亟待研究的重大问题，新结构经济学在这方面的讨论还不够充分。许多国家，比如日本经济就是在高速增长后未能很好地克服系统性风险，并且在危机爆发后未能进行必要的结构性改革而陷入停滞的。

新结构经济学是至今为止，中国经济学家基于中国经济改革与发展实践，对经济学理论，尤其是发展经济学理论做出的重大贡献，代表了中国经济学的前沿水平，它也引起世界经济学界的重视，不少诺贝尔经济学奖得主都给予了积极的评价。中国经济学界很多人都认为，林毅夫是可以和诺贝尔经济学奖得主平等对话的中国经济学家，也是最接近又最有可能摘取诺贝尔经济学奖皇冠的中国经济学家。对于这一点，林毅夫则显得低调而坦诚。今年 8 月，我向他提及这一话题，并说在我看来他的研究成果，尤其是这些成果的重要意义，已经不低于有的诺贝尔经济学奖得主了。他回答说中国经济学家获得诺奖的条件还没有成熟，就学术环境而言，我们还缺乏具备国际影响力的经济学学术期刊，诺奖现有的学术评价的标准和体系以及投票机制，也还不利于中国经济学家完整地展现自己的研究成果，并得到公正的评价。这些都需要包括中国经济学家在内的方方面面持续不断的努力。我还在想，对于中国经济学家来说，应该重视诺贝尔经济学奖，但不能迷信它，要试图超越它。与林毅夫的谈话，让我感到他看重的不是新结构经济学能否获奖，而是能否对中华民族伟大复兴的"中国梦"的实现，以及所有发展中国家的共同发展、共同繁荣时代的到来，尽一个中国经济学家的责任和担当。

幼时，当中学语文老师的母亲常要我诵读《论语》，读到"子在川上曰……逝者如斯夫"时，颇为不解，为什么圣人要站在河边上发议论呢？如今，白发染鬓，方知历史就是一条长河，每个人既在长河之中，也在长河之上，你在书写历史，历史也在书写你。林毅夫有创见的发展经济学无疑是经济学发展历程中一泓清流，当代经济史也会为他的思想理论记上浓浓的一笔。

初版后记

人们都说年纪大了喜欢忆旧，坐在家里，故人往事会像过电影一样，一幕幕地闪现在脑海里。我今年60岁了，按过去的标准已步入老年，但按现在的说法还在壮年，况且仍在工作岗位上烦忧，似乎没有到写回忆录的年龄，也难有这样的心境。不过，最近几年，每逢夜深人静、难以入眠之时，过去编过的那些书，见过的那些人不时浮在眼前，心头不得平静，常有提笔写作的冲动。现在收入这本小书的文章大约有一半是这种冲动的产物。

　　细细想来，我的这种写作冲动主要不是由于年龄渐老，更多的是来自对出版工作的热爱和担忧。长期以来，人类的出版史其实是一部启蒙大众、追求进步的文化传播史和精神发现史，从中出版人不断地体会到一份纯粹和温暖，体验到一种尊严和自豪。但是，最近几年当出版更多地与资本联姻后，出版的本质被扭曲了，传统出版业奉行的智性价值、审美价值、社会价值丧失了，进步主义的传统丢失了，娱乐主义开始主宰出版，出版有变成单纯营利工具的倾向。我并不反对有的出版企业转型为上市公司，我可能还是中国出版企业上市最早的呼吁者，但是出版企业上市应该是为了通过获取更多的社会资源来达到多出好书的目的，而不是异化为金钱的奴隶。

正是基于这样的背景，我觉得有责任为守护出版的神圣和纯粹呐喊，而回忆我所经历的出版往事，看看那些人、那些书是如何引领社会精神生活的走向与品质，参与社会精神生活建构的，似乎是履行这种责任的理想途径。于是乎，这些年来断断续续地写下了近 20 篇忆旧文章，发表在各类报刊上。感谢海豚出版社社长俞晓群同志的厚爱，这些文章才可能结集出版，更感谢他为本书写下了文字优雅隽永、评价精到理性的序言，使拙作增辉。收入这本小书的共有 15 篇文章，其中 9 篇写事，6 篇写人，但不管是写事还是写人，都是围绕写书展开的。从这些文章中读者可以看到上世纪 80 年代以来一些重要的图书是如何从策划到出版的，可以看到出版界前辈对出版事业的执着与奉献，可以看到一个出版人心路成长的历程。当然，我更希望的是，它能唤起更多的出版人坚守出版所肩负的启蒙大众、追求进步的使命，并把它看作是一种生命的价值。

陈　昕

2012 年 10 月 23 日

增订版附记

本书初版于 2013 年初,由海豚出版社出版。出版这本小书是想通过对一些往事的回忆来守护出版的神圣与纯粹,唤起更多的出版人坚守出版所肩负的启蒙大众、追求进步的使命。本书面世后似乎还算受欢迎,首印 5000 册很快售罄,又加印了一次;我也陆续收到一些出版人的来信,其中有不少溢美之词;有位出版社领导竟然自己掏腰包买了一些书送给青年编辑学习;还有几家出版社上门组稿,希望我以此书为基础扩充成一部出版回忆录。这些都鼓励我把出版往事的回忆继续写下去,不知不觉这些年写下的这类文字竟也有几十万字之多,有不少还发表在有关报刊上。

承蒙上海人民出版社厚爱,将我的著述冠名为"陈昕作品选",以学术著作、演讲录、书评选、随笔选分门别类予以出版,于是《出版忆往》便成了我的随笔选。这次增订出版,除了对文字作了些订正外,还新收了近年新写的 5 篇文章。还是希望这本小书能对认真做好出版工作有所裨益。

本书增订再版,著名作家孙甘露、著名学者罗岗欣然为之作序推荐,这是我的荣幸。书中还收入了著名出版人俞晓群为本书初版所写的序言。在此我要向他们致以深深的谢意。

我还要感谢上海人民出版社社长王为松、编审虞信棠、责任编辑陈佳妮为本书的出版所付出的辛勤劳动。

陈　昕

2018 年 5 月 7 日

图书在版编目(CIP)数据

出版忆往:陈昕出版随笔选/陈昕著. —增订本.
—上海:上海人民出版社,2018
ISBN 978 - 7 - 208 - 14928 - 1

Ⅰ. ①出… Ⅱ. ①陈… Ⅲ. ①随笔-作品集-中国-
当代 Ⅳ. ①I267.1

中国版本图书馆 CIP 数据核字(2017)第 302174 号

责任编辑 陈佳妮
封面装帧 胡 斌 刘健敏

出版忆往(增订版)
——陈昕出版随笔选
陈 昕 著

出 版	上海人 & 大 版 社	
	(200001 上海福建中路 193 号)	
发 行	上海人民出版社发行中心	
印 刷	上海中华商务联合印刷有限公司	
开 本	720×1000 1/16	
印 张	19	
插 页	7	
字 数	162,000	
版 次	2018 年 5 月第 1 版	
印 次	2018 年 5 月第 1 次印刷	

ISBN 978 - 7 - 208 - 14928 - 1/G · 1879
定 价 68.00 元